岩 波 文 庫

31-021-1

蒲 団・一 兵 卒

田 山 花 袋 作

岩 波 書 店

目　次

蒲団

一

小石川の*切支丹坂《きりしたんざか》から極楽水《ごくらくすい》に出る道のだらだら坂を下りようとして渠《かれ》は考えた。「これで自分と彼女との関係は一段落を告げた。三十六にもなって、子供も三人あって、あんなことを考えたかと思うと、馬鹿馬鹿しくなる。けれど……けれど……本当にこれが事実だろうか。あれだけの愛情を自身に注いだのは単に愛情としてのみで、恋ではなかったろうか。」

数多い感情ずくめの手紙——二人の関係はどうしても尋常《よのつね》ではなかった。妻があり、子があり、世間があり、師弟の関係があればこそ敢《あえ》て烈《はげ》しい恋に落ちなかったが、語り合う胸の轟《とどろき》、相見る眼の光、その底には確かに凄《すさま》じい暴風《あらし》が潜《ひそ》んでいたのである。機会に遭遇《でっくわ》しさえすれば、その底の底の暴風は忽《たちま》ち勢《いきお》いを得て、妻子《つまこ》も世間も道徳も師弟の関係も一挙にして破れてしまうであろうと思われた。少くとも男はそう信じていた。それであるのに、二、三日来のこの出来事、これから考えると、女は確かにその感情を偽《いつわ》り売ったのだ。自分を欺《あざむ》いたのだと男は幾度《いくたび》も思った。けれど文学者だけに、この男は自ら自分の心理を客観するだけの余裕を有《も》っていた。年若い女の心理は容易に判断し得られるものではない、かの温《あたたか》い嬉しい愛情は、単に女性特有の自然の発展で、美しく見えた眼の表情も、やさしく感じられた態度も都《すべ》て無意識で、無意味で、自然の花が見る人に一種の慰藉《なぐさみ》を与えたようなものかも知れない。一歩を譲って女は自分を愛して恋していたとしても、自分は師、かの女《じょ》は門弟、自分は妻あり子ある身、かの女は妙齢の美しい花、そこに互《たがい》に意識の加わるのを如何《いかん》ともすることは出来まい。いや、更に一歩を進めて、あの熱烈なる一封の手紙、陰に陽にその胸の悶《もだえ》を訴えて、丁度《ちょうど》自然の力がこの身を圧迫するかのように、最後の情を伝えて来た時、その謎をこの身が解《と》いて遣《や》らなかった。女性のつつましやかな性として、その上になお露《あら》わに迫って来ることがどうして出来よう。そういう心理からかの女は失望して、今回のような事を起したのかも知れぬ。

「とにかく時機は過ぎ去った。彼《か》の女は既に他人の所有《もの》だ!」

歩きながら渠《かれ》はこう絶叫して頭髪《かみのけ》をむしった。

縞《しま》セルの背広に、麦稈帽《むぎわらぼう》、藤蔓《ふじつる》の杖《ステッキ》をついて、やや前のめりにだらだらと坂を下りて行く。時は九月の中旬《なかば》、残暑はまだ堪え難く暑いが、空には既に清涼の秋気が充《み》ち渡って、深い碧《みどり》の色が際立《きわだ》って人の感情を動かした。肴屋《さかなや》、酒屋、雑貨店、その向うに寺の門やら裏店《うらだな》の長屋やらが連《つらな》って、久堅町《ひさかたちょう》の低い地には数多《あまた》の工場の煙筒《えんとつ》が黒い煙を漲《みなぎ》らしていた。

その数多い工場の一つ、西洋風の二階の一室、それが渠《かれ》の毎日正午《ひる》から通う処《ところ》で、十畳敷ほどの広さの室《へや》の中央《まんなか》には、大きい一脚の卓《テーブル》が据えてあって、傍《かたわら》に高い西洋風の本箱、この中には総《すべ》て種々の地理書が一杯入れられてある。渠はある書籍会社の嘱託《しょくたく》を受けて地理書の編輯《へんしゅう》の手伝に従っているのである。文学者に地理書の編輯！　渠は自分が地理の趣味を有《も》っているからと称して進んでこれに従事しているが、内心これに甘《あま》んじておらぬことは言うまでもない。後《おく》れ勝《がち》なる文学上の閲歴、断篇のみを作っていまだに全力の試みをする機会に遭遇せぬ煩悶《もだえ》、青年雑誌から月ごとに受ける罵評《ばひょう》の苦痛、渠自らはその他日成すあるべきを意識してはいるものの、中心これを苦に病まぬ訳には行かなかった。社会は日増《ひまし》に進歩する。電車は東京市の交通を一変させた。女学生は勢力になって、もう自分が恋をした頃のような旧式の娘は見たくも見られなくなった。青年はまた青年で、恋を説くにも、文学を談ずるにも、政治を語るにも、その態度が総て一変して、自分らとは永久に相触れることが出来ないように感じられた。

で、毎日機械のように同じ道を通って、同じ大きい門を入って、輪転機関の屋を撼《うごか》す音と職工の臭《くさ》い汗との交った細い間を通って、事務室の人々に軽く挨拶して、こつこつと長い狭い階梯《はしご》を登って、さてその室に入るのだが、東と南に明いたこの室は、午後の烈《はげ》しい日影を受けて、実に堪え難く暑い。それに小僧が無精で掃除をせぬので、卓の上には白い埃《ほこり》がざらざらと心地《ここち》悪い。渠《かれ》は椅子に腰を掛けて、煙草《たばこ》を一服吸って、立上って、厚い統計書と地図と案内記と地理書とを本箱から出して、さて静かに昨日《きのう》の続きの筆を執《と》り始めた。けれど二、三日来、頭脳《あたま》がむしゃくしゃしているので、筆が容易に進まない。一行書いては筆を留めてその事を思う。また一行書く、また留める、また書いてはまた留めるという風。そしてその間に頭脳に浮んで来る考《かんがえ》は総て断片的で、猛烈で、急激で、絶望的の分子が多い。ふとどういう聯想《れんそう》か、ハウプトマンの『*寂しき人々』を思い出した。こうならぬ前に、この戯曲《ドラマ》をかの女《じょ》の日課として教えて遣《や》ろうかと思ったことがあった。ヨハンネス・フォケラートの心事と悲哀とを教えて遣りたかった。この戯曲を渠が読んだのは今から三年以前、まだかの女のこの世にあることをも夢にも知らなかった頃であったが、その頃から渠は淋しい人であった。敢《あえ》てヨハンネスにその身を比そうとはしなかったが、アンナのような女がもしあったなら、そういう悲劇《トラジディ》に陥るのは当然だとしみじみ同情した。今はそのヨハンネスにさえなれぬ身だと思って長嘆した。

　さすがに『寂しき人々』をかの女に教えなかったが、ツルゲネーフの*「ファースト」という短篇を教えたことがあった。洋灯《ランプ》の光明《あきら》かなる四畳半の書斎、かの女の若々しい心は色彩ある恋物語に憧《あこが》れ渡って、表情ある眼は更に深い深い意味を以て輝きわたった。ハイカラな庇髪《ひさしがみ》、櫛《くし》、リボン、洋灯の光線がその半身を照して、一巻の書籍に顔を近く寄せると、言うに言われぬ香水のかおり、肉のかおり、女のかおり――書中の主人公が昔の恋人に「ファースト」を読んで聞かせる段を講釈する時には男の声も烈しく戦《ふる》えた。

「けれど、もう駄目だ！」

と、渠《かれ》は再び頭髪《かみ》をむしった。

二

　渠《かれ》は名を竹中時雄といった。

　今より三年前、三人目の子が細君の腹に出来て、新婚の快楽などはとうに覚《さ》め尽した頃であった。世の中の忙しい事業も意味がなく、一生作《ライフワーク》に力を尽す勇気もなく、日常の生活――朝起きて、出勤して、午後四時に帰って来て、同じように細君の顔を見て、飯を食って眠るという単調なる生活につくづく倦《あ》き果ててしまった。家を引越歩いても面白くない、友人と語り合っても面白くない、外国小説を読み渉猟《あさ》っても満足が出来ぬ。いや、庭樹《にわき》の繁り、雨の点滴、花の開落などいう自然の状態さえ、平凡なる生活をして更に平凡ならしめるような気がして、身を置くに処はないほど淋しかった。道を歩いて常に見る若い美しい女、出来るならば新しい恋をしたいと痛切に思った。

三十四、五、実際この頃には誰にでもある煩悶《はんもん》で、この年頃に賤《いや》しい女に戯《たわむ》るるものの多いのも、畢竟《ひっきょう》その淋しさを医《いや》すためである。世間に妻を離縁するものもこの年頃に多い。

出勤する途上に、毎朝邂逅《であ》う美しい女教師があった。渠はその頃この女に逢うのをその日その日の唯一の楽《たのし》みとして、その女に就いていろいろな空想を逞《たくまし》ゅうした。恋が成立って、神楽坂《かぐらざか》あたりの小待合に連れて行って、人目を忍んで楽しんだらどう……。細君に知れずに、二人近郊を散歩したらどう……。いや、それ処《どころ》ではない、その時、細君が懐妊しておったから、ふと難産して死ぬ、その後にその女を入れるとしてどうであろう。……平気で後妻に入れることが出来るだろうかどうかなどと考えて歩いた。

神戸の女学院の生徒で、生れは*備中《びっちゅう》の新見町《にいみまち》で、渠の著作の崇拝者で、名を横山芳子という女から崇拝の情を以て充された一通の手紙を受取ったのはその頃であった。竹中古城といえば、美文的小説を書いて、多少世間に聞えておったので、地方から来る崇拝者渇仰者《かつごうしゃ》の手紙はこれまでにも随分多かった。やれ文章を直してくれの、弟子にしてくれのと一々取合ってはおられなかった。だからその女の手紙を受取っても、別に返事を出そうとまでその好奇心は募《つの》らなかった。けれど同じ人の熱心なる手紙を三通まで貰っては、さすがの時雄も注意をせずにはおられなかった。年は十九だそうだが、手紙の文句から推して、その表情の巧みなのは驚くべきほどで、いかなることがあっても先生の門下生になって、一生文学に従事したいとの切なる願望《のぞみ》。文字は走り書のすらすらした字で、よほどハイカラの女らしい。返事を書いたのは、例の工場の二階の室で、その日は毎日の課業の地理を二枚書いて止《よ》して、長い数尺に余る手紙を芳子に送った。その手紙には女の身として文学に携わることの不心得、女は生理的に母たるの義務を尽さなければならぬ理由、処女にして文学者たるの危険などを縷々《るる》として説いて、いくらか罵倒《ばとう》的の文辞をも陳《なら》べて、これならもう愛想《あいそ》をつかして断念《あきら》めてしまうであろうと時雄は思って微笑した。そして本箱の中から岡山県の地図を捜して、阿哲郡《あてつごおり》新見町の所在を研究した。山陽線から高梁川《たかはしがわ》の谷を遡《さかのぼ》って奥十数里、こんな山の中にもこんなハイカラの女があるかと思うと、それでも何となくなつかしく、時雄はその附近の地形やら山やら川やらを仔細《しさい》に見た。

で、これで返辞をよこすまいと思ったら、それどころか、四日目には更に厚い封書が届いて、紫インキで、青い罫《けい》の入った西洋紙に横に細字で三枚、どうか将来見捨てずに弟子にしてくれという意味が返す返すも書いてあって、父母《ちちはは》に願って許可を得たならば、東京に出て、然《しか》るべき学校に入って、完全に忠実に文学を学んで見たいとのことであった。時雄は女の志に感ぜずにはおられなかった。東京でさえ——女学校を卒業したものでさえ、文学の価値《ねうち》などは解らぬものなのに、何も彼《か》もよく知っているらしい手紙の文句、早速返事を出して師弟の関係を結んだ。

それから度々《たびたび》の手紙と文章、文章はまだ幼稚な点はあるが、癖のない、すらすらした、将来発達の見込は十分にあると時雄は思った。で一度は一度より段々互《たがい》の気質が知れて、時雄はその手紙の来るのを待つようになった。ある時などは写真を送れと言って遣《や》ろうと思って、手紙の隅に小さく書いて、そしてまたこれを黒々と塗ってしまった。女性には容色《きりよう》というものが是非《ぜひ》必要である。容色のわるい女はいくら才があっても男が相手にしない。時雄も内々胸の中で、どうせ文学を遣ろうというような女だから、不容色に相違ないと思った。けれどなるべくは見られる位の女であって欲しいと思った。

芳子が父母に許可《ゆるし》を得て、父に伴《つ》れられて、時雄の門を訪《と》うたのは翌年の二月で、丁度時雄の三番目の男の児の生れた七夜の日であった。座敷の隣の室《へや》は細君の産褥《さんじょく》で、細君は手伝に来ている姉から若い女門下生《でし》の美しい容色であることを聞いて少なからず懊悩《おうのう》した。姉もああいう若い美しい女を弟子にしてどうする気だろうと心配した。時雄は芳子と父とを並べて、縷々《るる》として文学者の境遇と目的とを語り、女の結婚問題に就いて予《あらかじ》め父親の説を叩《たた》いた。芳子の家は新見町でも第三とは下らぬ豪家で、父も母も厳格なる基督教信者《クリスチャン》、母は殊《こと》にすぐれた信者で、かつては同志社女学校に学んだこともあるという。総領の兄は英国へ洋行して、帰朝後は某官立学校の教授となっている。芳子は町の小学校を卒業するとすぐ、神戸に出て神戸の女学院に入り、其処《そこ》でハイカラな女学校生活を送った。基督《クリスト》教の女学校は他の女学校に比して文学に対して総て自由だ。その頃こそ『魔風恋風《まかぜこいかぜ》』や『金色夜叉《こんじきやしゃ》』などを読んではならんとの規定も出ていたが、文部省で干渉しない以前は、教場でさえなくば何を読んでも差支《さしつかえ》なかった。学校に附属した教会、其処で祈禱《きとう》の尊いこと、クリスマスの晩の面白いこと、理想を養うということの味をも知って、人間の卑しいことを隠して美しいことを標榜《ひょうぼう》するという群の仲間となった。母の膝下が恋しいとか、故郷《ふるさと》が懐しいとか言うことは、来た当座こそ切実に辛《つら》く感じもしたが、やがては全く忘れて、女学生の寄宿生活をこの上なく面白く思うようになった。旨味《おいし》い南瓜《とうなす》を食べさせないといっては、お鉢の飯に醬油《しょうゆ》を懸けて賄方《まかない》を酷《いじ》めたり、舎監のひねくれた老婦の顔色《かおつき》を見て、陰陽《かげひなた》に物を言ったりする女学生の群の中に入っていては、家庭に養われた少女のように、単純に物を見ることがどうして出来よう。美しいこと、理想を養うこと、虚栄心《ヴァニチー》の高いこと——こういう傾向をいつとなしに受けて、芳子は明治の女学生の長所と短所とを遺憾《いかん》なく備えていた。

尠《すく》なくとも時雄の孤独なる生活はこれによって破られた。昔の恋人——今の細君。かつては恋人に相違なかったが、今は時勢が移り変った。四、五年来の女子教育の勃興《ぼっこう》、女子大学の設立、庇髪《ひさしがみ》、海老茶袴《えびちゃばかま》、男と並んで歩くのをはにかむようなものは一人もなくなった。この世の中に、旧式の丸髷《まるまげ》、泥鴨《どろがも》のような歩きぶり、温順と貞節とより他《ほか》に何物をも有せぬ細君に甘んじていることは時雄には何よりも情けなかった。路《みち》を行けば、美しい今様《いまよう》の細君を連れての睦《むつま》じい散歩、友を訪《と》えば夫の席に出て流暢《りゅうちょう》に会話を賑《にぎや》かす若い細君、ましてその身が骨を折って書いた小説を読もうでもなく、夫の苦悶煩悶《くもんはんもん》には全く風馬牛《ふうばぎゅう》で、子供さえ満足に育てれば好いという自分の細君に対すると、どうしても孤独《ロンリーネス》を叫ばざるを得なかった。『寂しき人々』のヨハンネスとともに、家妻というものの無意味を感ぜずにはおられなかった。これが——この孤独が芳子に由《よ》って破られた。ハイカラな新式な美しい女門下生が、先生！　先生！　と世にも豪《えら》い人のように渇仰《かつごう》して来るのに胸を動かさずに誰がおられようか。

最初の一月《ひとつき》ほどは時雄の家に仮寓《かぐう》していた。華やかな声、艶《あで》やかな姿、今までの孤独な淋しいかれの生活に、何らの対照！　産褥《さんじょく》から出たばかりの細君を助けて、靴下を編む、襟巻《えりまき》を編む、着物を縫う、子供を遊ばせるという生々《いきいき》した態度、時雄は新婚当座に再び帰ったような気がして、家門近く来るとそそるように胸が動いた。門をあけると、玄関にはその美しい笑顔、色彩に富んだ姿、夜も今までは子供とともに細君がいぎたなく眠ってしまって、六畳の室に徒《いたずら》に明らかな洋灯《ランプ》も、かえって侘《わび》しさを増すの種であったが、今は如何《いか》に夜更《よふ》けて帰って来ても、洋灯の下には白い手が巧《たくみ》に編物の針を動かして、膝の上に色ある毛糸の丸い玉！　賑かな笑声が牛込《うしごめ》の奥の小柴垣《こしばがき》の中に充《み》ちた。

けれど一月ならずして時雄はこの愛すべき女弟子をその家に置く事の不可能なのを覚《さと》った。従順なる家妻は敢《あえ》てその事に不服をも唱えず、それらしい様子も見せなかったが、しかもその気色《きしょく》は次第に悪くなった。限りなき笑声の中に限りなき不安の情が充ち渡った。妻の里方の親戚《しんせき》間などには現に一問題として講究されつつあることを知った。

時雄は種々に煩悶した後、細君の姉の家——軍人の未亡人で恩給と裁縫とで暮している姉の家に寄寓《きぐう》させて、其処《そこ》から麹町《こうじまち》の某《なにがし》女塾に通学させることにした。

三

それから今回の事件まで一年半の年月が経過した。

その間二度芳子は故郷を省《せい》した。短篇小説を五種、長篇小説を一種、その他美文、新体詩を数十篇作った。某女塾では英語は優等の出来で、時雄の選択で、ツルゲネーフの全集を丸善から買った。初めは、暑中休暇に帰省、二度目は、神経衰弱で、時々癪《しゃく》のような痙攣《けいれん》を起すので、暫《しば》し故山の静かな処に帰って休養する方が好いという医師の勧めに従ったのである。

その寓していた家は麹町の土手三番町、*甲武《こうぶ》の電車の通る土手際《どてぎわ》で、芳子の書斎はその家での客座敷、八畳の一間、前に往来の頻繁《ひんぱん》な道路があって、がやがやと往来の人やら子供やらで喧《やかま》しい。時雄の書斎にある西洋本箱を小さくしたような本箱が一閑張《いっかんばり》の机の傍にあって、その上には鏡と、紅皿《べにざら》と、白粉《おしろい》の罎《びん》と、今一つシュウソカリの入った大きな罎がある。これは神経過敏で、頭脳《あたま》が痛くって為方《しかた》がない時に飲むのだという。本箱には紅葉全集、近松世話《せわ》浄瑠璃《じょうるり》、英語の教科書、ことに新しく買ったツルゲネーフ全集が際立って目に附く。で、未来の閨秀《けいしゅう》作家は学校から帰って来ると、机に向って文を書くというよりは、寧《むし》ろ多く手紙を書くので、男の友達も随分多い。男文字の手紙も随分来る。中にも高等師範の学生に一人、早稲田大学の学生に一人、それが時々遊びに来たことがあったそうだ。

麴町土手三番町の一角には、女学生もそうハイカラなのが沢山いない。それに、市《いち》ケ谷《や》見附の彼方には時雄の妻君の里の家があるのだが、この附近は殊《こと》に昔風の商家の娘が多い。で、尠《すく》なくとも芳子の神戸仕込のハイカラはあたりの人の目を聳《そばだ》たしめた。時雄は姉の言葉として、妻から常に次のようなことを聞《きか》される。

「芳子さんにも困ったものですねと姉が今日も言っていましたよ、男の友達が来るのは好いけれど、夜など一緒に二七(不動)に出かけて、遅くまで帰って来ないことがあるんですって。それゃ芳子さんはそんなことはないのに決っているけれど、世間の口が喧《やかま》しくって為方《しかた》がないといっていました。」

これを聞くと時雄は定《きま》って芳子の肩を持つので、「お前たちのような旧式の人間には芳子の遣《や》ることなどは判りゃせんよ。男女が二人で歩いたり話したりさえすれば、すぐあやしいとか変だとか思うのだが、一体、そんなことを思ったり、言ったりするのが旧式だ、今では女も自覚しているから、しようと思うことは勝手にするさ。」

この議論を時雄はまた得意になって芳子にも説法した。「女子《おんな》ももう自覚せんければいかん。昔の女のように依頼心を持っていては駄目だ。ズウデルマン*のマグダの言った通り、父の手からすぐに夫の手に移るような意気地なしでは為方がない。日本の新しい婦人としては、自ら考えて自ら行うようにしなければいかん。」こう言っては、イブセンのノラの話や、ツルゲネーフのエレネの話や、露西亜《ロシア》、独逸《ドイツ》あたりの婦人の意志と感情とともに富んでいることを話し、さて、「けれど自覚というのは、自省ということをも含んでおるですからな、無闇《むやみ》に意志や自我を振廻しては困るですよ。自分の遣《や》ったことには自分が全責任を帯びる覚悟がなくては。」

芳子にはこの時雄の教訓が何より意味があるように聞えて、渇仰の念がいよいよ加わった。基督教の教訓《おしえ》より自由でそして権威があるように考えられた。

芳子は女学生としては身装《みなり》が派手過ぎた。黄金《きん》の指環《ゆびわ》をはめて、流行を趁《お》った美しい帯をしめて、すっきりとした立姿は、路傍の人目を惹《ひ》くに十分であった。美しい顔というよりは表情のある顔、非常に美しい時もあれば何だか醜《みにく》い時もあった。眼に光りがあってそれが非常によく働いた。四、五年前までの女は感情を顕《あら》わすのに極めて単純で、怒った容《かたち》とか笑った容とか、三種、四種位しかその感情を表わすことが出来なかったが、今では情を巧《たくみ》に顔に表わす女が多くなった。芳子もその一人であると時雄は常に思った。

芳子と時雄との関係は単に師弟の間柄としては余りに親密であった。この二人の様子を観察したある第三者の女の一人が妻に向って、「芳子さんが来てから時雄さんの様子はまるで変りましたよ。二人で話している処を見ると、魂は二人ともあくがれ渡っているようで、それは本当に油断がなりませんよ。」と言った。他から見れば、無論そう見えたに相違なかった。けれど二人は果してそう親密であったか、どうか。

若い女のうかれ勝《がち》な心、うかれるかと思えばすぐ沈む。些細《ささい》なことにも胸を動かし、つまらぬことにも心を痛める。恋でもない、恋でなくもないというようなやさしい態度、時雄は絶えず思い惑った。道義の力、習俗の力、機会一度《ひとたび》至ればこれを破るのは帛《はく》を裂くよりも容易だ。ただ、容易に来《きた》らぬはこれを破るに至る機会である。

この機会がこの一年の間に尠《すくな》くとも二度近寄ったと時雄は自分だけで思った。一度は芳子が厚い封書を寄せて、自分の不束《ふつつか》なこと、先生の高恩に報ゆることが出来ぬから自分は故郷に帰って農夫の妻になって田舎に埋れてしまおうということを涙交《まじ》りに書いた時、一度は或る夜芳子が一人で留守番をしている処へゆくりなく時雄が行って訪問した時、この二度だ。初めの時は時雄はその手紙の意味を明《あきら》かに了解した。その返事をいかに書くべきかに就いて一夜眠らずに懊悩《おうのう》した。穏《おだや》かに眠れる妻の顔、それを幾度《いくたび》か窺《うかが》って自己の良心のいかに麻痺《まひ》せるかを自ら責めた。そしてあくる朝贈った手紙は、厳乎《げんこ》たる師としての態度であった。二度目はそれから二月ほど経った春の夜、ゆくりなく時雄が訪問すると、芳子は白粉《おしろい》をつけて、美しい顔をして、火鉢の前にぽつねんとしていた。

「どうしたの、」と訊くと、

「お留守番ですの。」

「姉は何処《どこ》へ行った？」

「四谷《よつや》へ買物に。」

と言って、じっと時雄の顔を見る。いかにも艶《なまめ》かしい。時雄はこの力ある一瞥《いちべつ》に意気地《いくじ》なく胸を躍らした。二語《ふたこと》三語《みこと》、普通《よのつね》のことを語り合ったが、その平凡なる物語が更に平凡でないことを互に思い知ったらしかった。この時、今十五分も一緒に話し合ったならば、どうなったであろうか。女の表情の眼は輝き、言葉は艶めき、態度がいかにも尋常《よのつね》でなかった。

「今夜は大変綺麗《きれい》にしてますね?」

男はわざと軽く出た。

「え、先程《さっき》、湯に入りましたのよ。」

「大変に白粉が白いから。」

「あらまア先生!」と言って、笑って体を斜《はす》に嬌態《きょうたい》を呈した。

時雄はすぐ帰った。まア好いでしょうと芳子はたって留めたが、どうしても帰ると言うので、名残《なごり》惜しげに月の夜を其処《そこ》まで送って来た。その白い顔には確かにある深い神秘が籠められてあった。

四月に入ってから、芳子は多病で蒼白《あおじろ》い顔をして神経過敏に陥っていた。シュウソカリをよほど多量に服してもどうも眠られぬとて困っていた。絶えざる欲望と生殖の力とは年頃の女を誘うのに躊躇《ちゅうちょ》しない。芳子は多く薬に親しんでいた。

四月末に帰国、九月に上京、そして今回《こんど》の事件が起った。

今回の事件とは他《ほか》でもない。芳子は恋人を得た。そして上京の途次、恋人と相携えて京都嵯峨に遊んだ。その遊んだ二日の日数《ひかず》が出発と着京との時日《じじつ》に符合せぬので、東京と備中《びっちゅう》との間に手紙の往復があって、詰問した結果は恋愛、神聖なる恋愛、二人は決して罪を犯してはおらぬが、将来は如何《いか》にしてもこの恋を遂《と》げたいとの切なる願望《ねがい》。時雄は芳子の師として、この恋の証人として一面月下氷人《げっかひょうじん》の役目を余儀なくさせられたのであった。

芳子の恋人は同志社の学生、神戸教会の秀才、田中秀夫、年二十一。

芳子は師の前にその恋の神聖なるを神懸けて誓った。故郷の親たちは、学生の身で、ひそかに男と嵯峨に遊んだのは、既にその精神の堕落であるといったが、決してそんな汚《けが》れた行為はない。互に恋を自覚したのは、寧《むし》ろ京都で別れてからで、東京に帰って来て見ると、男から熱烈なる手紙が来ていた。それで始めて将来の約束をしたような次第で、決して罪を犯したようなことはないと女は涙を流して言った。時雄は胸に至大の犠牲を感じながらも、その二人のいわゆる神聖なる恋のために力を尽すべく余儀なくされた。

時雄は悶《もだ》えざるを得なかった。わが愛するものを奪われたということは甚だしくその心を暗くした。元より進んでその女弟子を自分の恋人にする考《かんがえ》はない。そういう明らかな定《きま》った考があれば前《さき》に既に二度までも近寄って来た機会を攫《つか》むに於て敢《あえ》て躊躇するところはないはずだ。けれどその愛する女弟子、淋しい生活に美しい色彩を添え、限りなき力を添えてくれた芳子を、突然人の奪い去るに任すに忍びようか。機会を二度まで攫むことは躊躇したが、三度来る機会、四度来る機会を待って、新《あらた》なる運命と新なる生活を作りたいとはかれの心の底の底の微《かす》かなる願《ねがい》であった。時雄は悶えた、思い乱れた。妬《ねた》みと惜しみと悔恨《くやみ》との念が一緒になって旋風《つむじ》のように頭脳の中を回転した。師としての道義の念もこれに交って、ますます炎を熾《さか》んにした。わが愛する女の幸福のためという犠牲の念も加わった。で、夕暮の膳の上の酒は夥《おびただ》しく量を加えて、泥鴨の如く酔って寝た。

あくる日は日曜日の雨、裏の森にざんざん降って、時雄のためには一倍に侘《わび》しい。欅《けやき》の古樹に降りかかる雨の脚《あし》、それが実に長く、限りない空から限りなく降っているとしか思われない。時雄は読書する勇気もない、筆を執《と》る勇気もない。もう秋で冷々《ひやひや》と背中の冷たい籐椅子《とういす》に身を横《よこた》えつつ、雨の長い脚を見ながら、今回《こんど》の事件からその身の半生のことを考えた。かれの経験にはこういう経験が幾度《いくたび》もあった。一歩の相違で運命のただ中《なか》に入ることが出来ずに、いつも圏外に立たせられた淋しい苦悶《くもん》、その苦しい味をかれは常に味《あじわ》った。文学の側でもそうだ、社会の側でもそうだ。恋、恋、恋、今になってもこんな消極的な運命に漂わされているかと思うと、その身の意気地なしと運命のつたないことがひしひしと胸に迫った。ツルゲネーフのいわゆる Superfluous man＊！だと思って、その主人公の儚《はかな》い一生を胸に繰返《くりかえ》した。

寂寥《さびしさ》に堪えず、午《ひる》から酒を飲むと言出《いいだ》した。細君の支度のしようが遅いのでぶつぶつ言っていたが、膳に載《の》せられた肴《さかな》がまずいので、遂に癇癪《かんしゃく》を起して、自棄《やけ》に酒を飲んだ。一本、二本と徳利の数は重《かさな》って、時雄は時の間に泥の如く酔った。細君に対する不平ももう言わなくなった。徳利に酒がなくなると、ただ、酒、酒と言うばかりだ。そしてこれをぐいぐいと呷《あお》る。気の弱い下女はどうしたことかと呆れて見ておった。男の児《こ》の五歳《いつつ》になるのを始めは頻《しき》りに可愛がって抱いたり撫でたり接吻《せっぷん》したりしていたが、どうしたはずみでか泣出したのに腹を立てて、ピシャピシャとその尻を乱打したので、三人の子供は怖がって、遠巻にして、平生《へいぜい》に似もやらぬ父親の赤く酔った顔を不思議そうに見ていた。一升近く飲んでそのまま其処《そこ》に酔倒れて、お膳の筋斗《とんぼ》がえりを打つのにも頓着《とんちゃく》しなかったが、やがて不思議なだらだらした節《ふし》で、十年も前にはやった幼稚な新体詩を歌い出した。

君が門辺《かどべ》をさまよふは
巷《ちまた》の塵《ちり》を吹き立つる
嵐のみとやおぼすらん。
その嵐よりいやあれに
その塵よりも乱れたる
恋のかばねを暁の

歌を半《なか》ばにして、細君の被《か》けた蒲団《ふとん》を着たまま、すっくと立上って、座敷の方へ小山の如く動いて行った。何処《どこ》へ？ 何処へいらっしゃるんです？ と細君は気が気でなくその後を追って行ったが、それにも関《かま》わず、蒲団を着たまま、厠《かわや》の中に入ろうとした。細君は慌《あわ》てて、

「貴郎《あなた》、貴郎、酔っぱらってはいやですよ。そこは手水場《ちょうずば》ですよ。」

突如《いきなり》蒲団を後から引いたので、蒲団は厠の入口で細君の手に残った。時雄はふらふらと危《あぶな》く小便をしていたが、それがすむと、突如鞳《どう》と厠の中に横に寝てしまった。細君が汚《きたな》がって頻《しき》りに揺《ゆす》ったり何かしたが、時雄は動こうとも立とうともしない。そうかとい

って眠ったのではなく、赤土のような顔に大きな鋭い目を明いて、戸外《おもて》に降り頻る雨をじっと見ていた。

四

時雄は例刻をてくてくと牛込矢来町《やらいちょう》の自宅に帰って来た。

渠《かれ》は三日間、その苦悶と戦った、渠は性として惑溺《わくでき》することが出来ぬ或る一種の力を有《も》っている。この力のために支配されるのを常に口惜しく思っているのではあるが、それでもいつか負けてしまう。征服されてしまう。これがため渠はいつも運命の圏外に立って苦しい味を嘗《な》めさせられるが、世間からは正しい人、信頼するに足る人と信じられている。三日間の苦しい煩悶《もだえ》、これでとにかく渠はその前途を見た。二人の間の関係は一段落を告げた。これからは、師としての責任を尽して、わが愛する女の幸福のためを謀《はか》るばかりだ。これはつらい、けれどつらいのが人生《ライフ》だ！　と思いながら帰って来た。

門をあけて入ると、細君が迎えに出た。残暑の日はまだ暑く、洋服の下襦袢《したじゅばん》がびっしより汗にぬれている。それを糊のついた白地の単衣《ひとえ》に着替えて、茶の間の火鉢の前に坐ると、細君はふと思い附いたように、箪笥《たんす》の上の一封の手紙を取出し、

雄は熱心に読下《よみくだ》した。

「芳子さんから、」

と言って渡した。

急いで封を切った。巻紙の厚いのを見ても、その事件に関しての用事に相違ない。時雄は熱心に読下《よみくだ》した。

言文一致で、すらすらとこの上ない達筆。

先生——

実は御相談に上りたいと存じましたが、余り急でしたものでしたから、独断で実行致しました。

昨日《きのう》四時に田中から電報が参りまして、六時に新橋の停車場に着くとのことですもの、私はどんなに驚きましたか知れません。

何事もないのに出て来るような、そんな軽率な男でないと信じておりますだけに、一層甚《はなは》だしく気を揉《も》みました。先生、許して下さい。私はその時刻に迎えに参りましたのです。逢って聞きますと、私の一伍一什《いちぶしじゅう》を書いた手紙を見て、非常に心配して、もしこの事があったため万一郷里に伴《つ》れて帰られるようなことがあっては、自分が済まぬと言うので、学事をも捨てて出京して、先生にすっかりお打明《うちあけ》申して、お詫《わび》も申上げ、お情《なさけ》にも縋《すが》って、万事円満に参るようにと、そういう目的で急に出て参ったとのことでございます。それから、私は先生にお話し申した一伍一什、先生のお情深い言葉、将来までも私ら二人の神聖な真面目な恋の証人とも保護者ともなって下さるということを話しました処、非常に先生の御情《おんなさけ》に感激しまして、感謝の涙に暮れました次第でございます。

田中は私の余りに狼狽《ろうばい》した手紙に非常に驚いたと見えまして、十分覚悟をして、万一破壊の暁《あかつき》にはと言った風《ふう》なことも決心して参りましたのでございます。万一の時にはあの時嵯峨に一緒に参った友人を証人にして、二人の間が決して汚れた関係のないことを弁明し、別れて後互《たがい》に感じた二人の恋愛をも打明けて、先生にお縋り申して郷里の父母《ちちはは》の方へも逐一言って頂こうと決心して参りましたそうです。けれどこの間の私の無謀で郷里の父母の感情を破っている矢先、どうしてそんなことを申して遣《つか》わされましょう。今は少時《しばし》沈黙して、お互に希望を持って、専心勉学に志し、いつか折を見て——あるいは五年、十年の後かも知れません——打明けて願う方が得策だと存じまして、そういうことに致しました。先生のお話をも一切《いっさい》話して聞かせました。で、用事が済んだ上は帰した方が好いのですけれど、非常に疲れている様子を見ましては、さすがに直《ただ》ちに引返すようにとも申兼《もうしか》ねました。(私の弱いのを御許し下さいまし)勉学中、実際問題に触れてはならぬとの先生の御教訓は身にしみて守るつもりでございますが、一先《ひとまず》、旅籠屋《はたごや》に落着かせまして、折角《せっかく》出て来たものですから、一日位見物しておいでなさいと、つい申してしまいました。どうか先生、お許し下さいまし。私どもも激しい感情の中《うち》に、理性もございますから、京都でしたような、仮りにも常識を外れた、他人から誤解されるようなことは致しません。誓って、決して致しません。末ながら奥様にも宜《よろ》しく申上げて下さいまし。

芳　子

先　生　御《おん》もと

この一通の手紙を読んでいる中《うち》、さまざまの感情が時雄の胸を火のように燃えて通った。その田中という二十一の青年が現にこの東京に来ている。芳子が迎えに行った。何をしたか解《わか》らん。この間言ったこともまるで虚言《うそ》かも知れぬ。この夏期の休暇《やすみ》に須磨《すま》で落合った時から出来ていて、京都での行為《おこない》もその望《のぞみ》を満すため、今度も恋しさに堪え兼ねて女の後を追って上京したのかも知れん。手を握ったろう。胸と胸とが相触れたろう。人が見ていぬ旅籠屋の二階、何をしているか解らぬ。汚れる汚れぬのも刹那《せつな》の間だ。こう思うと時雄は堪《たま》らなくなった。「監督者の責任にも関する！」と腹の中で絶叫した。こうしてはおかれぬ、こういう自由を精神の定《き》まらぬ女に与えておくことは出来ん。監督せんければならん、保護せんけりゃならん。私どもは熱情もあるが理性がある！　私どもとは何だ！　何故《なぜ》私とは書かぬ、何故複数を用いた？　時雄の胸は嵐のように乱れた。着いたのは昨日の六時、姉の家に行って聞き糺《ただ》せば昨夜何時頃に帰ったか解るが、今日はどうした、今はどうしている？

細君の心を尽した晩餐《ばんさん》の膳には、鮪《まぐろ》の新鮮な刺身に、青紫蘇《あおじそ》の薬味を添えた冷豆腐《ひややっこ》、それを味《あじわ》う余裕もないが、一盃は一盃と盞《さかずき》を重ねた。

細君は末の児《こ》を寝かして、火鉢の前に来て坐《すわ》ったが、芳子の手紙の夫の傍《そば》にあるのに眼を附けて、

「芳子さん、何って言って来たのです？」

時雄は黙って手紙を投げて遣《や》った、細君はそれを受取りながら、夫の顔をじろりと見て、暴風《あらし》の前に来る雲行《くもゆき》の甚《はなは》だ急なのを知った。

細君は手紙を読終《よみおわ》って巻きかえしながら、

「出て来たのですね。」

「うむ。」

「ずっと東京にいるんでしょうか。」

「手紙に書いてあるじゃないか、すぐ帰すッて……」

「帰るでしょうか。」

「そんなこと誰が知るものか。」

夫の語気が烈《はげ》しいので、細君は口を噤《つぐ》んでしまった。少時《しばし》経《た》ってから、

「だから、本当に厭《いや》さ、若い娘の身で、小説家になるなんぞッて、望む本人も本人なら、よこす親たちも親たちですからね。」

「でも、お前は安心したろう、」と言おうとしたが、それは止《よ》して、

「まア、そんなことはどうでも好いさ、どうせお前たちには解《わか》らんのだから……それよりも酌《しゃく》でもしたらどうだ。」

温順な細君は徳利を取上げて、京焼の盃に波々と注《つ》ぐ。

時雄は頻《しき》りに酒を呷《あお》った。酒でなければこの鬱《うつ》を遣《や》るに堪えぬといわぬばかりに。三本目に、妻は心配して、

「この頃はどうかしましたね。」

「何故?」

「酔ってばかりいるじゃありませんか。」

「酔うということがどうかしたのか。」

「そうでしょう、何か気に懸ることがあるからでしょう。芳子さんのことなどはどうでも好いじゃありませんか。」

「馬鹿!」

と時雄は一喝《いっかつ》した。

細君はそれにも懲《こ》りずに、

「だって、余り飲んでは毒ですよ、もう好い加減になさい、また手水場《ちょうずば》にでも入って寝ると、貴郎《あなた》は大きいから、私と、お鶴(下女)の手ぐらいではどうにもなりゃしませんからさ。」

「まア、好いからもう一本。」

で、もう一本を半分位飲んだ。もう酔《よい》はよほど廻ったらしい。顔の色は赤銅色《しゃくどういろ》に染って眼が少しく据《すわ》っていた。急に立上って、

「おい、帯を出せ!」

「何処《どこ》へいらっしゃる。」

「三番町まで行って来る。」

「姉の処？」

「うむ。」

「およしなさいよ、危ないから。」

「何《な》アに大丈夫だ、人の娘を預って監督せずに投遣《なげやり》にしてはおかれん。男がこの東京に来て一緒に歩いたり何かしているのを見ぬ振《ふり》をしてはおかれん。田川(姉の家《うち》の姓)に預けておいても不安心だから、今日、行って、早かったら、芳子を家に連れて来る。二階を掃除しておけ。」

「家に置くんですか、また……」

「勿論。」

細君は容易に帯と着物とを出そうともせぬので、

「よし、よし、着物を出さんのなら、これで好い。」と、白地の単衣《ひとえ》に唐縮緬《とうちりめん》の汚れたへこ帯、帽子も被《かぶ》らずに、そのままに急いで戸外《おもて》へ出た。「今出しますから……本当に困ってしまう、」という細君の声が後に聞えた。

夏の日はもう暮れ懸っていた。矢来《やらい》の酒井の森には烏《からす》の声が喧《かまびす》しく聞える。どの家でも夕飯《ゆうめし》が済んで、門口に若い娘の白い顔も見える。ボールを投げている少年もある。官吏らしい鯔髭《どじょうひげ》の紳士が庇髪《ひさし》の若い細君を伴《つ》れて、神楽坂《かぐらざか》に散歩に出懸けるのにも幾組《いくくみ》か邂逅《でっくわ》した。時雄は激昂《げっこう》した心と泥酔した身体《からだ》とに烈《はげ》しく漂《ただよ》わされて、四辺《あたり》に見ゆるものが皆な別の世界のもののように思われた。両側の家も動くよう、地も脚の下に陥るよう、天も頭の上に蔽《おお》い冠《かぶ》さるように感じた。元からさほど強い酒量でないのに、無闇《むやみ》にぐいぐいと呷《あお》ったので、一時に酔が発したのであろう。ふと露西亜《ロシア》の賤民の酒に酔って路傍に倒れて寝ているのを思い出した。そしてある友人と露西亜の人間はこれだから豪《えら》い、惑溺《わくでき》するならあくまで惑溺せんければ駄目だと言ったことを思いだした。馬鹿な！　恋に師弟の別があって堪《たま》るものかと口へ出して言った。

＊中根坂《なかねざか》を上って、士官学校の裏門から佐内坂《さないざか》の上まで来た頃は、日はもうとっぷりと暮れた。白地の浴衣《ゆかた》がぞろぞろと通る。煙草屋《たばこや》の前に若い細君が出ている。氷屋の暖簾《のれん》が涼しそうに夕風に靡《なび》く。時雄はこの夏の夜景を朧《おぼろ》げに眼には見ながら、電信柱に突当って倒れそうにしたり、浅い溝に落ちて膝頭《ひざがしら》をついたり、職工体《てい》の男に、「酔漢奴《よっぱらいめ》！　しっかり歩け！」と罵《ののし》られたりした。急に自ら思いついたらしく、坂の上から右に折れて、

市ケ谷八幡の境内へと入った。境内には人の影もなく寂寞《せきばく》としていた。大きい古い欅《けやき》の樹と松の樹とが蔽《おお》い冠《かぶ》さって、左の隅に珊瑚樹《さんごじゅ》の大きいのが繁っていた。処々の常夜灯はそろそろ光を放ち始めた。時雄はいかにしても苦しいので、突如《いきなり》その珊瑚樹の蔭に身を躱《かく》して、その根本の地上に身を横《よこた》えた。興奮した心の状態、奔放な情と悲哀の快感とは、極端までその力を発展して、一方痛切に嫉妬《しっと》の念に駆られながら、一方冷淡に自己の状態を客観した。

初めて恋するような熱烈な情は無論なかった。盲目にその運命に従うというよりは、寧ろ冷《ひや》やかにその運命を批判した。熱い主観の情と冷めたい客観の批判とが絡《よ》り合せた糸のように固く結び着けられて、一種異様の心の状態を呈した。

悲しい、実に痛切に悲しい。この悲哀《かなしみ》は華やかな青春の悲哀でもなく、単に男女の恋の上の悲哀でもなく、人生の最奥に秘《ひそ》んでいるある大きな悲哀だ。行く水の流《ながれ》、咲く花の凋落《ちょうらく》、この自然の底に蟠《わだかま》れる抵抗すべからざる力に触れては、人間ほど儚《はかな》い情ないものはない。

汪然《おうぜん》として涙は時雄の鬚面《ひげづら》を伝《つたわ》った。

ふとある事が胸に上った。時雄は立上って歩き出した。もう全く夜になった。境内の処々に立てられた硝子灯《ガスとう》は光を放って、その表面の常夜灯という三字がはっきり見える。この常夜灯という三字、これを見てかれは胸を衝《つ》いた。この三字をかれはかつて深い懊悩《おうのう》を以て見たことはないだろうか。今の細君が大きい桃割《ももわれ》に結って、このすぐ下の家に娘でいた時、渠はその微《かす》かな琴の音の髣髴《ほうふつ》をだに得たいと思ってよくこの八幡の高台に登った。かの女を得なければ寧《いっ》そ南洋の植民地に漂泊しようというほどの熱烈な心を抱いて、華表《とりい》、長い石階《きざはし》、社殿、俳句の懸行灯《かけあんどん》、この常夜灯の三字にはよく見入って物を思ったものだ。その下には依然たる家屋、電車の轟《とどろき》こそおりおり寂寞《せきばく》を破って通るが、その妻の実家の窓には昔と同じように、明かに灯《ともしび》の光が輝いていた。何たる節操なき心ぞ、僅《わず》かに八年の年月《としつき》を閲《けみ》したばかりであるのに、こうも変ろうとは誰が思おう。その桃割姿を丸髷《まるまげ》姿にして、楽しく暮したその生活がどうしてこういう荒涼たる生活に変って、どうしてこういう新しい恋を感ずるようになったか。時雄は我ながら時の力の恐ろしいのを痛切に胸に覚えた。けれどその胸にある現在の事実は不思議にも何らの動揺をも受けなかった。

「矛盾でもなんでも為方《しかた》がない、その矛盾、その無節操、これが事実だから為方がない、事実！　事実！」

と時雄は胸の中に繰返した。

時雄は堪え難い自然の力の圧迫に圧せられたもののように、再び傍《かたわら》のロハ台*に長い身を横えた。ふと見ると、赤銅のような色をした光芒のない大きい月が、お濠《ほり》の松の上に音もなく昇っていた。その色、その状《さま》、その姿がいかにも侘《わび》しい。その侘しさがその身の今の侘しさによく適《かな》っていると時雄は思って、また堪え難い哀愁がその胸に漲《みなぎ》り渡った。

酔は既に醒めた。夜露は置始《おきはじ》めた。

土手三番町の家の前に来た。

覗《のぞ》いて見たが、芳子の室《へや》に灯火《ともしび》の光が見えぬ。まだ帰って来ぬと見える。時雄の胸はまた燃えた。この夜、この暗い夜に恋しい男と二人！　何をしているか解らぬ。こういう常識を欠いた行為《おこない》を敢《あえ》てして、神聖なる恋とは何事？　汚れたる行為のないのを弁明するとは何事？

すぐ家《うち》に入ろうとしたが、まだ当人が帰っておらぬのに上っても為方《しかた》がないと思って、その前を真直《まっすぐ》に通り抜けた。女と摩違《すれちが》う度《たび》に、芳子ではないかと顔を覗きつつ歩いた。土手の上、松の木蔭、街道の曲り角、往来の人に怪《あやし》まるるまでかなたこなたを徘徊《はいかい》した。もう九時、十時に近い。いかに夏の夜であるからと言って、そう遅くまで出歩いているはずがない。もう帰ったに相違ないと思って、引返して姉の家に行ったが、やはりまだ帰っていない。

時雄は家に入った。

奥の六畳に通るや否《いなや》、

「芳さんはどうしました？」

その答より何より、姉は時雄の着物に夥《おびただ》しく泥の着いているのに驚いて、

「まア、どうしたんです、時雄さん。」

明かな洋灯《ランプ》の光で見ると、なるほど、白地の浴衣《ゆかた》に、肩、膝、腰の嫌いなく、夥しい泥痕《どろ》！

「何《な》アに、其処《そこ》でちょっと転んだものだから。」

「だッて、肩まで粘《つ》いているじゃありませんか。また、酔ッぱらったんでしょう。」

「何アに……」

と時雄は強いて笑ってまぎらした。

さて時を移さず、

「芳さん、何処に行ったんです。」

「今朝、ちょっと中野の方にお友達と散歩に行って来るといって出た切りですがね、もう帰って来るでしょう。何か用?」

「え、少し……」と言って、「昨日《きのう》は帰りは遅かったですか。」

「いいえ、お友達を新橋に迎えに行くんだって、四時過《すぎ》に出かけて、八時頃に帰って来ましたよ。」

時雄の顔を見て、

「どうかしたのですの?」

「何アに……けれどねえ姉さん、」と時雄の声は改まった。「実は姉さんにおまかせしておいても、この間の京都のようなことがまたあると困るですから、芳子を私の家《うち》において、十分監督しようと思うんですがね。」

「そう、それは好いですよ。本当に芳子さんはああいうしっかり者だから、私見たいな無教育のものでは……」

「いや、そういう訳でもないですがね。余り自由にさせ過ぎても、かえって当人のためにならんですから、一つ家に置いて、十分監督して見ようと思うんです。」

「それが好いですよ。本当に、芳子さんにもね……何処と悪いことのない、発明な、利口な、今の世には珍らしい方《かた》ですけれど、一つ悪いことがあってね、男の友達と平気で夜歩いたりなんかするるんですからね。それさえ止《よ》すと好いんだけれどとよく言うのですの。すると芳子さんはまた小母《おば》さんの旧弊が始まったって、笑っているんだもの。いつかなぞも余り男と一緒に歩いたり何かするものだから、角の交番でね、不審にしてね、*角袖《かくそで》巡査が家の前に立っていたことがあったといいますよ。それはそんなことはないんだから、構いはしませんけどもね……」

「それはいつのことです?」

「昨年の暮でしたかね。」

「どうもハイカラ過ぎて困る。」と時雄は言ったが、時計の針の既に十時半の処を指すのを見て「それにしてもどうしたんだろう。若い身空《みそら》で、こう遅くまで一人で出て歩くと言うのは?」

「もう帰って来ますよ。」

「こんなことは幾度もあるんですか。」

「いいえ、滅多《めった》にありはしませんよ。夏の夜だから、まだ宵の口位に思って歩いているんですよ。」

姉は話しながら裁縫《しごと》の針を止めぬのである。前に*鴨脚《いちょう》の大きい裁物板《たちものいた》が据えられて、彩絹《きぬ》の裁片《たちきれ》や糸や鋏《はさみ》やが順序なく四面《あたり》に乱れている。女物の美しい色に、洋灯《ランプ》の光が明かに照り渡った。九月中旬の夜は更《ふ》けて、やや肌寒く、裏の土手下を甲武《こうぶ》の貨物汽車がすさまじい地響《じひびき》を立てて通る。

下駄《げた》の音がする度に、今度こそは！ 今度こそは！ と待渡《まちわた》ったが、十一時が打って間もなく、小きざみな、軽い後歯《あとば》の音が静かな夜を遠く響いて来た。

「今度のこそ、芳子さんですよ。」

と姉は言った。

果たしてその足音が家の入口の前に留って、がらがらと格子《こうし》が開く。

「芳子さん？」

「ええ。」

と艶《あで》やかな声がする。

玄関から丈《せい》の高い庇髪《ひさしがみ》の美しい姿がすっと入って来たが、

「あら、まア、先生！」

と声を立てた。その声には驚愕《おどろき》と当惑の調子が十分に籠っていた。

「大変遅くなって……」と言って、座敷と居間との間の閾《しきい》の処に来て、半ば坐《すわ》って、ちらりと電光のように時雄の顔色《かおつき》を窺《うかが》ったが、すぐ紫の袱紗《ふくさ》に何か包んだものを出して、黙って姉の方に押遣《おしや》った。

「何ですかお……土産《おみやげ》？　いつもお気の毒ね？」

「いいえ、私も召上《めしあが》るんですもの。」

と芳子は快活に言った。そして次の間へ行こうとしたのを、無理に洋灯《ランプ》の明るい眩《まぶ》しい居間の一隅《ひとすみ》に坐らせた。美しい姿、当世流の庇髪、派手なネルにオリイヴ色の夏帯を形よく緊《し》めて、少し斜《はす》に坐った艶《あで》やかさ。時雄はその姿と相対して、一種状《じょう》すべからざる満足を胸に感じ、今までの煩悶《はんもん》と苦痛とを半ば忘《なか》れてしまった。有力な敵があっても、その恋人をだに占領すれば、それで心の安まるのは恋する者の常態である。

「大変に遅くなってしまって……」

いかにも遣瀬《やるせ》ないというように微《かす》かに弁解した。

「中野へ散歩に行ったッて？」

時雄は突如として問うた。

「ええ……」芳子は時雄の顔色をまたちらりと見た。

姉は茶を淹《い》れる。土産の包《つつみ》を開くと、姉の好きな好きなシュウクリーム。これはマアお旨《い》しいと姉の声。で、暫《しば》く一座はそれに気を取られた。

少時《しばらく》してから、芳子が、

「先生、私の帰るのを待っていて下さったの？」

「ええ、ええ、一時間半位待ったのよ。」

と姉が傍から言った。

で、その話が出て、都合さえよくば今夜からでも――荷物は後《あと》からでも好いから――一緒に伴《つ》れて行くつもりで来たということを話した。芳子は下を向いて、点頭《うなず》いて聞いていた。無論、その胸には一種の圧迫を感じたに相違ないけれど、芳子の心にしては、絶対に信頼して――今回《こんど》の恋のことにも全心を挙げて同情してくれた師の家に行って住むことは別に甚しい苦痛でもなかった。寧ろ以前からこの昔風の家に同居しているのを不快に思って、出来るならば、初めのように先生の家にと願っていたのであるから、今の場合でなければ、かえって大《おお》いに喜んだのであろうに……

時雄は一刻も早くその恋人のことを聞糺《ききただ》したかった。今、その男は何処《どこ》にいる？何時《いつ》京都に帰るか？　これは時雄に取っては実に重大な問題であった。けれど何も知らぬ姉の前で、打明けて問う訳にも行かぬので、この夜は露《つゆ》ほどもそのことを口に出さなかった。一座は平凡な物語に更《ふ》けた。

今夜にもと時雄の言出《いいだ》したのを、だって、もう十二時だ、明日《あした》にした方がよかろうとの姉の注意。で、時雄は一人で牛込に帰ろうとしたが、どうも不安心で為方《しかた》がないような気がしたので、夜の更けたのを口実に、姉の家に泊って、明朝早く一緒に行くことにした。

芳子は八畳に、時雄は六畳に姉と床を並べて寝た。やがて姉の小さい鼾《いびき》が聞えた。時計は一時をカンと鳴った。八畳では寝つかれぬと覚《おぼ》しく、おりおり高い長大息《ためいき》の気勢《けはい》がする。甲武の貨物列車が凄《すさま》じい地響を立てて、この深夜を独《ひと》り通る。時雄も久しく眠れなかった。

五

翌朝《あくるあさ》時雄は芳子を自宅に伴《ともな》った。二人になるより早く、時雄は昨日《きのう》の消息を知ろうと思ったけれど、芳子が低頭勝《うつむきがち》に悄然《しょんぼり》として後について来るのを見ると、何となく可哀そうになって、胸に苛々《いらいら》する思《おもい》を畳《たた》みながら、黙して歩いた。

佐内坂を登りおわると、人通りが少くなった。時雄はふと振返って、「それでどうしたの?」と突如として訊ねた。

「え?」

反問した芳子は顔を曇らせた。

「昨日の話さ、まだいるのかね。」

「今夜の六時の急行で帰ります。」

「それじゃ送って行かなくってはいけないじゃないか。」

「いいえ、もう好いんですの。」

これで話は途絶えて、二人は黙って歩いた。

矢来町の時雄の宅、今まで物置にしておいた二階の三畳と六畳、これを綺麗《きれい》に掃除して、芳子の住居とした。久しく物置――子供の遊び場にしておいたので、塵埃《ちり》が山のように積っていたが、箒《ほうき》をかけ雑巾《ぞうきん》をかけ、雨のしみの附いた破れた障子を貼り更《か》えると、こうも変るものかと思われるほど明るくなって、裏の酒井*の墓塋《はか》の大樹の繁茂《しげり》が心地《ここち》よき空翠《みどり》をその一室に漲《みなぎ》らした。隣家《となり》の葡萄棚《ぶどうだな》、打捨てて手を入れようともせぬ庭の雑草の中に美人草の美しく交って咲いているのも今更に目につく。時雄はさる画家の描《か》いた朝顔の幅《ふく》を選んで床《とこ》に懸《か》け、懸花瓶《かけはないけ》には後《おく》れ咲《ざき》の薔薇《ばら》の花を挿《さ》した。午頃《ひる》に荷物が着いて、大きな支那鞄《かばん》、柳行李《やなぎごうり》、信玄袋、本箱、机、夜具、これを二階に運ぶのには中々骨が折れる。時雄はこの手伝いに一日社を休むべく余儀なくされたのである。

机を南の窓の下、本箱をその左に、上に鏡やら紅皿《べにざら》やら罎《びん》やらを順序よく並べた。押入の一方には支那鞄、柳行李、更紗《さらさ》の蒲団夜具の一組を他の一方に入れようとした時、女の移香《うつりが》が鼻を撲《う》ったので、時雄は変な気になった。

午後二時頃には一室《ひとま》が一先ず整頓した。

「どうです、此処《ここ》も居心《いごころ》は悪くないでしょう。」時雄は得意そうに笑って、「此処にいて、まア緩《ゆっ》くり勉強するです。本当に実際問題に触れてつまらなく苦労したって為方《しかた》がないですからねえ。」

「え……」と芳子は頭を垂れた。

「後で詳しく聞きましょうが、今の中《うち》は二人ともじっとして勉強していなくては、為方がないですからね。」

「え……」と言って、芳子は顔を挙げて、「それで先生、私たちもそう思って、今はお互に勉強して、将来に希望を持って、親の許諾《ゆるし》をも得たいと存じておりますの！」

「それが好いです。今、余り騒ぐと、人にも親にも誤解されてしまって、折角《せっかく》の真面目な希望も遂げられなくなりますから。」

「ですから、ね、先生、私は一心になって勉強しようと思いますの。田中もそう申しておりました。それから、先生に是非《ぜひ》お目にかかってお礼を申上げなければ済まないと申しておりましたけれど……よく申上げてくれッて……」

「いや……」

時雄は芳子の言葉の中《うち》に、「私ども」と複数を遣《つか》うのと、もう公然許嫁《いいなずけ》の約束でもしたかのように言うのとを不快に思った。まだ、十九か二十の妙齢の処女が、こうした言葉を口にするのを怪しんだ。時雄は時代の推移《おしうつ》ったのを今更のように感じた。当世の女学生気質《かたぎ》のいかに自分らの恋した時代の処女気質と異《ちが》っているかを思った。勿論、この女学生気質を時雄は主義の上、趣味の上から喜んで見ていたのは事実である。昔のような教育を受けては、到底今の明治の男子《おとこ》の妻としては立って行かれぬ。女子も立たねばならぬ、意志の力を十分に養わねばならぬとはかれの持論である。この持論をかれは芳子に向っても尠《すくな》からず鼓吹《こすい》した。けれどこの新派のハイカラの実行を見てはさすがに眉を顰《ひそ》めずにはおられなかった。

男から国府津《こうづ》の消印で帰途に就いたという端書《はがき》が着いて翌日三番町の姉の家から届けて来た。居間の二階には芳子がいて、呼べば直《す》ぐ返事をして下《お》りて来る。食事には三度三度膳を並べて団欒《だんらん》して食う。夜は明るい洋灯《ランプ》を取巻いて、賑《にぎ》わしく面白く語り合う。靴下は編んでくれる。美しい笑顔を絶えず見せる。時雄は芳子を全く占領して、とにかく安心もし満足もした。細君も芳子に恋人があるのを知ってから、危険の念、不安の念を全く去った。

芳子は恋人に別れるのが辛《つら》かった。なろうことなら一緒に東京にいて、時々顔をも見、言葉をも交えたかった。けれど今の際それは出来難いことと知っていた。二年、三年、男が同志社を卒業するまでは、たまさかの雁《かり》の音信《おとずれ》をたよりに、一心不乱に勉強しなければならぬと思った。で、午後からは、以前の如く麴町《こうじまち》の某《なにがし》英学塾に通い、時雄も小石川の社に通った。

時雄は夜などおりおり芳子を自分の書斎に呼んで、文学の話、小説の話、それから恋の話をすることがある。そして芳子のためにその将来の注意を与えた。その時の態度は公平で、率直で、同情に富んでいて、決して泥酔して厠《かわや》に寝たり、地上に横たわったりした人とは思われない。さればと言って、時雄はわざとそういう態度にするのではない、女に対《むか》っている刹那《せつな》――その愛した女の歓心を得るには、いかなる犠牲も甚だ高価に過ぎなかった。

で、芳子は師を信頼した。時期が来て、父母《ちちはは》にこの恋を告ぐる時、旧思想と新思想と衝突するようなことがあっても、この恵深《めぐみぶか》い師の承認を得さえすればそれで沢山だとまで思った。

九月は十月になった。さびしい風が裏の森を鳴らして、空の色は深く碧《あお》く、日の光は透通《すきとお》った空気に射渡《さしわた》って、夕《ゆうべ》の影が濃くあたりを隈《くま》どるようになった。取り残した芋《いも》の葉に雨は終日降頻《ひねもすふりしき》って、八百屋の店には松茸《まつたけ》が並べられた。垣の虫の声は露《つゆ》に衰えて、庭の桐の葉も脆《もろ》くも落ちた。午前の中の一時間、九時より十時までを、ツルゲネーフの小説の解釈、芳子は師のかがやく眼の下《もと》に、机に斜《はす》に坐って、「オン、ゼ、イブ」*の長い長い物語に耳を傾けた。エレネの感情に烈しく意志の強い性格と、その悲しい悲壮なる末路《まつろ》とは如何《いか》にかの女《じょ》を動かしたか。芳子はエレネの恋物語を自分に引《ひき》くらべて、その身を小説の中《うち》に置いた。恋の運命、恋すべき人に恋する機会がなく、思いも懸けぬ人にその一生を任した運命、実際芳子の当時の心情そのままであった。須磨の浜で、ゆくりなく受取った百合《ゆり》の花の一葉《いちよう》の端書、それがこうした運命になろうとは夢にも思い知らなかったのである。

雨の森、闇の森、月の森に向って、芳子はさまざまにその事を思った。京都の夜汽車、嵯峨の月、膳所《ぜぜ》に遊んだ時には湖水に夕日が美しく射渡《さしわた》って、旅館の中庭に、萩が絵のように咲乱れていた。その二日の遊は実に夢のようであったと思った。続いてまだその人を恋せぬ前のこと、須磨の海水浴、故郷《ふるさと》の山の中の月、病気にならぬ以前、殊《こと》にその時の煩悶を考えると、頬がおのずから赧《あか》くなった。

空想から空想、その空想はいつか長い手紙となって京都に行った。京都からも殆《ほとん》ど隔日のように厚い厚い封書が届いた。書いても書いても尽くされぬ二人の情——余りその文通の頻繁《ひんぱん》なのに時雄は芳子の不在を窺って、監督という口実の下《もと》にその良心を抑えて、こっそり机の抽出《ひきだし》やら文箱《ふばこ》やらをさがした。捜し出した二、三通の男の手紙を走り読みに読んだ。

恋人のするような甘ったるい言葉は到る処に満ちていた。けれど時雄はそれ以上にある秘密を捜し出そうと苦心した。接吻《せっぷん》の痕《あと》、性慾《せいよく》の痕が何処《どこ》かに顕《あら》われておりはせぬか。神聖なる恋以上に二人の間は進歩しておりはせぬか、けれど手紙にも解らぬのは恋のまことの消息であった。

一ケ月は過ぎた。

ところが、ある日、時雄は芳子に宛《あ》てた一通の端書を受取った。英語で書いてある端書であった。何気なく読むと、一月ほどの生活費は準備して行く、あとは東京で衣食の職業《しごと》が見附かるかどうかという意味、京都田中としてあった。時雄は胸を轟《とどろ》かした。平和は一時にして破れた。

晩餐《ゆうめし》後、芳子はその事を問われたのである。

芳子は困ったという風で、「先生、本当に困ってしまったんですの。田中が東京に出て来るというのですもの、私は二度、三度まで止めて遣《や》ったんですけれど、何だか、宗教に従事して、虚偽に生活してることが、今度の動機で、すっかり厭《いや》になってしまったとか何とかで、どうしても東京に出て来るッて言うんですよ。」

「東京に来て、何をするつもりなんだ?」

「文学を遣りたいと――」

「文学? 文学ッて、何だ。小説を書こうと言うのか。」

「え、そうでしょう……」

「馬鹿な！」

と時雄は一喝《いっかつ》した。

「本当に困ってしまうんですの。」

「貴嬢《あなた》はそんなことを勧《すす》めたんじゃないか。」

「いいえ、」と烈しく首を振って、「私はそんなこと……私は今の場合困るから、せめて同志社だけでも卒業してくれッて、この間初めに申して来た時に達《た》って止めて遣ったんですけれど……もうすっかり独断《ひとりぎめ》でそうしてしまったんですッて。今更取《とり》かえしがつかぬようになってしまったんですッて。」

「どうして？」

「神戸の信者で、神戸の教会のために、田中に学資を出してくれている神津《こうづ》という人があるのですの。その人に、田中が宗教は自分には出来ぬから、将来文学で立とうと思う。どうか東京に出してくれと言って遣ったんですの。すると大層怒って、それならもう構わぬ、勝手にしろと言われて、すっかり支度をしてしまったんですって、本当に困ってしまいますの。」

「馬鹿な！」

と言ったが、「今一度留めて遣《や》んなさい。小説で立とうなんて思ったッて、とても駄目だ、全く空想だ、空想の極端だ。それに、田中がこっちに出て来ていては、貴嬢《あなた》の監督上、私が非常に困る。貴嬢の世話も出来んようになるから、厳しく止めて遣んなさい！」

芳子はいよいよ困ったという風で、「止めてはやりますけれど、手紙が行違《ゆきちが》いになるかも知れませんから。」

「行違い？　それじゃもう来るのか。」

時雄は眼を瞬《みは》った。

「今来た手紙に、もう手紙をよこしてくれても行違いになるからと言ってよこしたんですから。」

「今来た手紙ッて、さっきの端書のまた後に来たのか。」

芳子は点頭《うなず》いた。

「困ったね。だから若い空想家は駄目だと言うんだ。」

平和は再び攪乱《かきみだ》さるることとなった。

六

一日置いて今夜の六時に新橋に着くという電報があった。電報を持って、芳子はまごまごしていた。けれど夜ひとり若い女を出して遣《や》る訳に行かぬので、新橋へ迎えに行くことは許さなかった。

翌日は逢って達《た》って諫《いさ》めてどうしても京都に還《かえ》らせるようにすると言って、芳子はその恋人の許《もと》を訪《と》うた。その男は停車場前のつるやという旅館に宿っているのである。

時雄が社から帰った時には、まだとても帰るまいと思った芳子が既にその笑顔を玄関にあらわしていた。聞くと田中は既にこうして出て来た以上、どうしても京都には帰らぬとのことだ。で、芳子は殆《ほとん》ど喧嘩《けんか》をするまでに争ったが、やはり断として可《き》かぬ。先生を頼りにして出京したのではあるが、そう聞けば、なるほどごもっともである。監督上都合の悪いというのもよく解りました。けれど今更帰れませぬから、自分で如何《いか》ようにしても自活の道を求めて目的地に進むより他はないとまで言ったそうだ。時雄は不快を感じた。

時雄は一時は勝手にしろと思った。放っておけとも思った。けれど圏内の一員たるかれにどうして全く風馬牛《ふうばぎゅう》たることを得ようぞ。芳子はその後二、三日訪問した形跡もなく、学校の時間には正確に帰って来るが、学校に行くと称して恋人の許に寄りはせぬかと思うと、胸は疑惑と嫉妬とに燃えた。

時雄は懊悩《おうのう》した。その心は日に幾遍となく変った。ある時は全く犠牲になって二人のために尽そうと思った。ある時はこの一伍一什《いちぶしじゅう》を国に報じて一挙に破壊してしまおうかと思った。けれどこの何《いず》れをも敢てすることの出来ぬのが今の心の状態であった。

細君が、ふと、時雄に耳語《じご》した。

「あなた、二階では、これよ、」と針で着物を縫う真似《まね》をして、小声で、「きっと……上げるんでしょう。紺絣《こんがすり》の書生羽織《しょせいばおり》！　白い木綿《もめん》の長い紐《ひも》も買ってありますよ。」

「本当か？」

「え。」

と細君は笑った。

時雄は笑うどころではなかった。

芳子が今日は先生少し遅くなりますからと顔を赧《あか》くして言った。「彼処《あそこ》に行くのか、」と問うと、「いいえ！　ちょっと友達の処《とこ》に用があって寄って来ますから。」

その夕暮、時雄は思切《おもいき》って、芳子の恋人の下宿を訪問した。

「まことに、先生にはよう申訳《もうしわけ》がありまへんのやけれど……」長い演説調の雄弁で、形式的の申訳をした後、田中という中脊《ちゅうぜい》の、少し肥えた、色の白い男が祈禱《いのり》をする時のような眼色《めつき》をして、さも同情を求めるように言った。

時雄は熱していた。「しかし、君、解ったら、そうしたら好いじゃありませんか、僕は君らの将来を思って言うのです。芳子は僕の弟子です。僕の責任として、芳子に廃学させるには忍びん。君が東京にどうしてもいると言うなら、芳子を国に帰すか、この関係を父母に打明けて許可を乞うか、二つの中一《うち》つを選ばんければならん。君は君の愛する女を君のために山の中に埋《うず》もらせるほどエゴイスチックな人間じゃありますまい。君は宗教に従事することが今度の事件のために厭《いや》になったというが、それは一種の考えで、君は忍んで、京都におりさえすれば、万事円満に、二人の間柄も将来希望があるのですから。」

「よう解っております……」

「けれど出来んですか。」

「どうも済みませんけど……制服も帽子も売ってしもうたで、今更帰るにも帰れまへんという次第で……」

「それじゃ芳子を国に帰すですか。」

かれは黙っている。

「国に言って遣《や》りましょうか。」

やはり黙っていた。

「私の東京に参りましたのは、そういうことには寧ろ関係しないつもりでおます。別段こちらにおりましても、二人の間にはどうという……」

「それは君はそう言うでしょう。けれど、それでは私は監督は出来ん。恋はいつ惑溺《わくでき》するかも解らん。」

「私はそないなことはないつもりですけどナ。」

「誓い得るですか。」

「静かに、勉強して行かれさえすれアナ、そないなことありませんけどナ。」

「だから困るのです。」

こういう会話――要領を得ない会話を繰返して長く相対した。時雄は将来の希望という点、男子の犠牲という点、事件の進行という点からいろいろさまざまに帰国を勧《すす》めた。時雄の眼に映じた田中秀夫は、想像したような一箇《いっこ》秀麗な丈夫《じょうぶ》でもなく天才肌の人とも見えなかった。麹町三番町《こうじまち》通の安旅人宿《りよじんやど》、三方壁でしきられた暑い室《へや》に初めて相対した時、先《ま》ずかれの身に迫ったのは、基督《クリスト》教に養われた、いやに取澄《とりす》ました、年に似合わぬ老成な、厭《いや》な不愉快な態度であった。京都訛《なまり》の言葉、色の白い顔、やさしい処《ところ》はいくらかはあるが、多い青年の中からこうした男を特に選んだ芳子の気が知れなかった。殊に時雄が最も厭に感じたのは、天真流露《てんしんりゆうろ》という率直なところが微塵《みじん》もなく、自己の罪悪にも弱点にも種々の理由を強いてつけて、これを弁解しようとする形式的態度であった。とは言え、実を言えば、時雄の激しい頭脳《あたま》には、それがすぐ直覚的に明かに映ったというではなく、座敷の隅に置かれた小さい旅鞄《かばん》や憐《あわ》れにもしおたれた白地の浴衣《ゆかた》などを見ると、青年空想の昔が思い出されて、こうした恋のため、煩悶《はんもん》もし、懊悩《おうのう》もしているかと思って、憐憫《れんびん》の情も起らぬではなかった。

この暑い一室に相対して、趺坐《あぐら》をもかかず、二人は尠《すく》なくとも一時間以上語った。話は遂に要領を得なかった。「先ず今一度考え直して見給《みたま》え」くらいが最後で、時雄は別れて帰途に就いた。

何だか馬鹿らしいような気がした。愚なる行為《おこない》をしたように感じられて、自らその身を嘲笑《ちようしよう》した。心にもないお世辞をも言い、自分の胸の底の秘密を蔽《おお》うためには、二人の恋の温情なる保護者となろうとまで言ったことを思い出した。安翻訳の仕事を周旋してもらうため、某氏に紹介の労を執《と》ろうと言ったことをも思い出した。そして自分ながら自分の意気地《いくじ》なく好人物なのを罵《ののし》った。

時雄は幾度《いくたび》か考えた。寧ろ国に報知して遣ろうか、と。けれどそれを報知するに、どういう態度を以てしようかというのが大問題であった。二人の恋の関鍵《かぎ》を自ら握っていると信ずるだけそれだけ時雄は責任を重く感じた。その身の不当の嫉妬、不正の恋情のために、その愛する女の熱烈なる恋を犠牲にするには忍びぬとともに、自ら言った「温情なる保護者」として、道徳家の如く身を処するにも堪えなかった。また一方にはこの事が国に知れて芳子が父母《ちちはは》のために伴われて帰国するようになるのを恐れた。

芳子が時雄の書斎に来て、頭《かしら》を垂《た》れ、声を低うして、その希望を述べたのはその翌日の夜であった。如何に説いても男は帰らぬ。さりとて国へ報知すれば、父母の許さぬのは知れたこと、時宜《じぎ》に由れば忽《たちま》ち迎いに来ぬとも限らぬ。男も折角ああして出て来たことでもあり二人の間も世の中の男女の恋のように浅く思い浅く恋した訳でもないから、決して汚れた行為《おこない》などはなく、惑溺《わくでき》するようなことは誓ってしない。文学は難《むず》かしい道、小説を書いて一家を成そうとするのは田中のようなものには出来ぬかも知れねど、同じく将来を進むなら、ともに好む道に携わりたい。どうか暫《しばら》くこのままにして東京に置いてくれとの頼み。時雄はこの余儀なき頼みを菅《すげ》なく却《しりぞ》けることは出来なかった。時雄は京都嵯峨に於ける女の行為にその節操《みさお》を疑ってはいるが、一方にはまたその弁解をも信じて、この若い二人の間にはまだそんなことはあるまいと思っていた。自分の青年の経験に照らして見ても、神聖なる霊の恋は成立っても肉の恋は決してそう容易に実行されるものではない。で、時雄は惑溺せぬものならば、暫くこのままにしておいて好いと言って、そして縷々《るる》として霊の恋愛、肉の恋愛、恋愛と人生との関係、教育ある新しい女の当《まさ》に守るべきことなどに就いて、切実にかつ真摯《しんし》に教訓した。古人が女子の節操を誡《いまし》めたのは社会道徳の制裁よりは、寧ろ女子の独立を保護するためであるということ、一度肉を男子《おとこ》に許せば女子の自由が全く破れるということ、西洋の女子はよくこの間の消息を解しているから、男女交際をして不都合がないということ、日本の新しい婦人《おんな》も是非ともそうならなければならぬということなど主なる教訓の題目であったが、殊に新派の女子ということに就いて痛切に語った。

芳子は低頭《うつむ》いてきいていた。

時雄は興に乗じて、

「そして一体、どうして生活しようというのです?」

「少しは準備もして来たんでしょう、一月位は好いでしょうけれど……」

「何か旨《うま》い口でもあると好いけれど。」と時雄は言った。

「実は先生に御縋《おすが》り申して、誰も知ってるものがないのに出て参りましたのですから、大層失望しましたのですけれど。」

「だッて余り突飛《とっぴ》だ。一昨日《おととい》逢ってもそう思ったが、どうもあれでも困るね。」

と時雄は笑った。

「どうかまた御心配下さるように……この上御心配かけては申訳がありませんけれど、」と芳子は縋るようにして顔を赧《あか》めた。

「心配せん方が好い、どうかなるよ。」

芳子が出て行った後、時雄は急に険しい難かしい顔になった。「自分に……自分に、この恋の世話が出来るだろうか、」独《ひと》りで胸に反問した。「若い鳥は若い鳥でなくては駄目だ。自分らはもうこの若い鳥を引く美しい羽を持っていない。」こう思うと、言うに言われぬ寂しさがひしと胸を襲った。「妻と子——家庭の快楽だと人は言うが、それに何の意味がある。子供のために生存している妻は生存の意味があろうが、妻を子に奪われ、子を妻に奪われた夫はどうして寂寞《せきばく》たらざるを得るか。」時雄はじっと洋灯《ランプ》を見た。机の上にはモウパッサンの『死よりも強し』*が開かれてあった。

二、三日経《た》って後、時雄は例刻に社から帰って火鉢の前に坐ると、細君が小声で、

「今日来てよ。」

「誰が。」

「二階の……そら芳子さんの好い人。」

細君は笑った。

「そうか……」

「今日一時頃、御免なさいと玄関に来た人があるですから、私が出て見ると、顔の丸い、絣《かすり》の羽織を着た、白縞の袴《はかま》を穿《は》いた書生さんがいるじゃありませんか。また、原稿でも持って来た書生さんかと思ったら、横山さんはこなたにおいでですかと言うじゃありませんか。はて、不思議だと思ったけれど、名を聞きますと、田中……。はア、それでその人だナと思ったんですよ。厭《いや》な人ねえ、あんな人を、あんな書生さんを恋人にしないたッて、いくらも好いのがあるでしょうに。芳子さんはよほど物好《ものずき》ね。あれじゃと

ても望みはありませんよ。」

「それでどうした？」

「芳子さんは嬉しいんでしょうけど、何だか極《きま》りが悪そうでしたよ。私がお茶を持って行って上げると、芳子さんは机の前に坐っている。その前にその人がいて、今まで何か話していたのを急に止《よ》して黙ってしまった。私は変だからすぐ下りて来たですがね、……何だか変ね、……今の若い人はよくああいうことが出来てね、私のその頃には男に見られるのすら恥かしくって恥かしくって為方《しかた》がなかったものですのに……」

「時代が違うからナ。」

「いくら時代が違っても、余り新派過ぎると思いましたよ。堕落書生と同じですからね。それゃうわべが似ているだけで、心はそんなことはないでしょうけれど、何だか変ですよ。」

「そんなことはどうでも好い。それでどうした？」

「お鶴(下女)が行って上げると言うのに、好いと言って、御自分で出かけて、餅菓子と焼芋を買って来て、御馳走してよ。……お鶴も笑っていましたよ。お湯をさしに上ると、二人でお旨《い》しそうにおさつを食べているところでしたッて……」

時雄も笑わざるを得なかった。

細君はなお語り続《つ》いだ。「そして随分長く高い声で話していましたよ。議論見たいなことも言って、芳子さんもなかなか負けない様子でした。」

「そしていつ帰った？」

「もう少し以前《さつき》。」

「芳子はいるか。」

「いいえ、路《みち》が分らないから、一緒に其処《そこ》まで送って行って来るッて出懸けて行ったんですよ。」

時雄は顔を曇らせた。

夕飯《ゆうめし》を食っていると、裏口から芳子が帰って来た。急いで走って来たと覚《おぼ》しく、せいせい息を切っている。

「何処《どこ》まで行らしった？」

と細君が問うと、

「神楽坂《かぐらざか》まで、」と答えたが、いつもする「おかえりなさいまし」を時雄に向って言って、そのままばたばたと二階に上った。すぐ下りて来るかと思うに、なかなか下りて来ない。「芳子さん、芳子さん」と三度ほど細君が呼ぶと、「はアーい」という長い返事が聞えて、やはり下りて来ない。お鶴が迎いに行って漸《ようや》く二階を下りて来たが、準備《したく》した夕飯の膳を他所《よそ》に、柱に近く、斜《はす》に坐った。

「御飯は?」

「もう食べたくないの、腹《おなか》が一杯で。」

「余りおさつを召上った故《せい》でしょう。」

「あら、まア、酷《ひど》い奥さん。いいわ、奥さん。」

と睨《にら》む真似《まね》をする。

細君は笑って、

「芳子さん、何だか変ね。」

「何故《なぜ》?」と長く引張る。

「何故もないいわ。」

「いいことよ、奥さん。」

とまた睨んだ。

時雄は黙ってこの嬌態《きょうたい》に対していた。胸の騒ぐのは無論である。不快の情はひしと押

し寄せて来た。芳子はちらと時雄の顔を覗《うかが》ったが、その不機嫌なのが一目で解った。で、すぐ態度を改めて、

「先生、今日田中が参りましてね。」

「そうだってね。」

「お目にかかってお礼を申上げなければならんのですけれども、また改めて上がりますからッて……よろしく申上げて……」

「そうか。」

と言ったが、そのままふいと立って書斎に入ってしまった。


その恋人が東京にいては、仮令《たとえ》自分が芳子をその二階に置いて監督しても、時雄は心を安んずる暇はなかった。二人の相逢うことを妨げることは絶対に不可能である。手紙は無論差留《さしと》めることは出来ぬし、「今日ちょっと田中に寄って参りますから、一時間遅くなります、」と公然と断って行くのをどうこう言う訳には行かなかった。またその男が訪問して来るのを非常に不快に思うけれど、今更それを謝絶することも出来なかった。時雄はいつの間にか、この二人からその恋に対しての「温情の保護者」として認められ

てしまった。

時雄は常に苛々《いらいら》していた。書かなければならぬ原稿が幾種もある。書肆《しょし》からも催促される。金も欲しい。けれどどうしても筆を執って文を綴るような沈着《おちつ》いた心の状態にはなれなかった。強いて試みて見ることがあっても、考《かんがえ》が纏《まとま》らない。本を読んでも二頁も続けて読む気になれない。二人の恋の温かさを見る度《たび》に、胸を燃して、罪もない細君に当り散らして酒を飲んだ。晩餐《ゆうめし》の菜《さい》が気に入らぬといって、御膳を蹴飛《けとば》した。夜は十二時過《すぎ》に酔って帰って来ることもあった。芳子はこの乱暴な不調子な時雄の行為《おこない》に尠《すく》なからず心を痛めて、「私がいろいろ御心配を懸けるもんですからね、私が悪いんですよ、」と詫びるように細君に言った。芳子はなるたけ手紙の往復を人に見せぬようにし、訪問も三度に一度は学校を休んでこっそり行くようにした。時雄はそれに気が附いて一層懊《おう》悩《のう》の度を増した。

野は秋も暮れて木枯《こがらし》の風が立った。裏の森の銀杏樹《いちょうのき》も黄葉して夕《ゆうべ》の空を美しく彩《いろど》った。垣根《かきね》道《みち》には反《そり》かえった落葉ががさがさと転がって行く。鵙《もず》の鳴音《なくね》がけたたましく聞える。若い二人の恋がいよいよ人目に余るようになったのはこの頃であった。時雄は監督上見るに見かねて、芳子を説勧《ときすす》めて、この一伍一什《いちぶしじゅう》を故郷《ふるさと》の父母《ちちはは》に報ぜしめた。そして時雄もこの恋に関しての長い手紙を芳子の父に寄せた。この場合にも時雄は芳子の感謝の情を十分に贏《か》ち得るように勉《つと》めた。時雄は心を欺《あざむ》いて、――悲壮なる犠牲と称して、この「恋の温情なる保護者」となった。

備中の山中から数通の手紙が来た。

七

その翌年の一月には、時雄は地理の用事で、上武*の境なる利根河畔《かはん》に出張していた。彼は昨年の年末からこの地に来ているので、家のこと――芳子のことが殊に心配になる。さりとて公務を如何《いかん》ともすることが出来なかった。正月になって二日にちょっと帰京したが、その時は次男が歯を病んで、妻と芳子とが頻《しき》りにそれを介抱していた。妻に聞くと、芳子の恋は更に惑溺《わくでき》の度を加えた様子。大晦日《おおみそか》の晩に、田中が生活のたつきを得ず、下宿に帰ることも出来ずに、終夜運転の電車に一夜を過したということ、余り頻繁《ひんぱん》に二人が往来するので、それをそれとなしに注意して芳子と口争いをしたということ、その他種々《いろいろ》のことを聞いた。困ったことだと思った。一晩泊って再び利根の河畔に戻った。

今は五日の夜であった。茫《ぼう》とした空に月が暈《かさ》を帯びて、その光が川の中央《まんなか》にきらきらと金を砕いていた。時雄は机の上に一通の封書を展《ひら》いて、深くその事を考えていた。その手紙は今少し前、旅館の下女が置いて行った芳子の筆である。

先生、

まことに、申訳がございません。先生の同情ある御恩は決して一生経っても忘るることでなく、今もそのお心を思うと、涙が滴《こぼ》るるのです。

父母はあの通りです。先生があのように仰《おっ》しゃって下すっても、旧風《むかしふう》の頑固《かたくな》で、私どもの心を汲《く》んでくれようとも致しませず、泣いて訴えましたけれど、許してくれません。母の手紙を見れば泣かずにはおられませんけれど、少しは私の心も汲んでくれても好いと思います。恋とはこう苦しいものかと今つくづく思い当りました。先生、私は決心致しました。聖書にも女は親に離れて夫に従うとございます通り、私は田中に従おうと存じます。

田中はいまだに生活のたつきを得ませず、準備した金は既に尽き、昨年の暮れは、うらぶれの悲しい生活を送ったのでございます。私はもう見ているに忍びません。国からの補助を受けませんでも、私らは私ら二人で出来るまでこの世に生きて見ようと思います。先生に御心配を懸けるのは、まことに済みません。監督上、御心配なさるのもごもっともです。けれど折角《せっかく》先生があのように私らのために国の父母をお説き下すったにも係《かかわ》らず、父母はただ無意味に怒ってばかりいて、取合ってくれませんのは、余りと申せば無慈悲です、勘当されても為方《しかた》がございません。堕落堕落と申して、殆《ほとん》ど歯《よわい》せぬばかりに申しておりますが、私たちの恋はそんなに不真面目なものでございましょうか。それに、家《うち》の門地門地と申しますが、私は恋を父母の都合によって致すような旧式の女でないことは先生もお許し下さるでしょう。

先生、

私は決心致しました。昨日《きのう》、上野図書館で女の見習生が入用だという広告がありましたから、応じて見ようと思います。二人して一生懸命に働きましたら、まさかに餓《う》えるようなこともございますまい。先生のお家《うち》にこうしていますればこそ、先生にも奥様にも御心配を懸けて済まぬのでございます。どうか先生、私の決心をお許し下さい。

芳　子

先生　おんもとへ

恋の力は遂に二人を深い惑溺の淵《ふち》に沈めたのである。時雄はもうこうしてはおかれぬと思った。時雄が芳子の歓心を得るために取った「温情の保護者」としての態度を考えた。備中の父親に寄せた手紙、その手紙には、極力二人の恋を庇保《ひほう》して、どうしてもこの恋を許してもらわねばならぬという主旨であった。時雄は父母の到底これを承知せぬことを知っていた。寧ろ父母の極力反対することを希望していた。父母は果して極力反対して来た。言うことを聞かぬなら勘当するとまで言って来た。二人はまさに受くべき恋の報酬を受けた。時雄は芳子のためにあくまで弁明し、汚れた目的のために行われたる恋でないことを言い、父母の中《うち》一人、是非《ぜひ》出京してこの問題を解決してもらいたいと言い送った。けれど故郷《ふるさと》の父母《ちちはは》は、監督者なる時雄がそういう主張であるのと、到底その口から許可することが出来ぬのとで、上京しても無駄であるといって出て来なかった。

時雄は今、芳子の手紙に対して考えた。

二人の状態は最早《もはや》一刻も猶予《ゆうよ》すべからざるものとなっている。時雄の監督を離れて二人一緒に暮したいという大胆な言葉、その言葉の中《うち》には警戒すべき分子の多いのを思った。いや、既に一歩を進めているかもしれぬと思った。また一面にはこれほどそのために尽力しているのに、その好意を無にして、こういう決心をするとは義理知らず、情知らず、勝手にするが好いとまで激した。

時雄は胸の轟《とどろ》きを静めるため、月朧《おぼろ》なる利根川の堤の上を散歩した。月が暈《かさ》を帯びた夜は冬ながらやや暖かく、土手下の家々の窓には平和な灯火《ともしび》が静かに輝いていた。川の上には薄い靄《もや》が懸って、おりおり通る船の艪《ろ》の音がギイと聞える。下流でおーいと渡しを呼ぶものがある。舟橋を渡る車の音がとどろに響いてそしてまた一時静かになる。時雄は土手を歩きながら種々《いろいろ》のことを考えた。芳子のことよりは一層痛切に自己の家庭のさびしさということが胸を往来した。三十五、六歳の男女の最も味《あじわ》うべき生活の苦痛、事業に対する煩悩《ぼんのう》、性慾より起る不満足等《など》が凄《すさま》じい力でその胸を圧迫した。芳子はかれのために平凡なる生活の花でもありまた糧《かて》でもあった。芳子の美しい力に由って、荒野の如き胸に花咲き、錆《さ》び果てた鐘は再び鳴ろうとした。芳子のために、復活の活気は新しく鼓吹された。であるのに再び寂寞《せきばく》荒涼たる以前の平凡なる生活にかえらなければならぬとは……。不平よりも、嫉妬よりも、熱い熱い涙がかれの頰を伝った。

かれは真面目に芳子の恋とその一生とを考えた。二人同棲して後の倦怠《けんたい》、疲労、冷酷を自己の経験に照らして見た。そして一たび男子に身を任せて後《のち》の女子の境遇の憐むべきを思い遣《や》った。自然の最奥に秘める暗黒なる力に対する厭世の情は今彼の胸を簇々《むらむら》として襲った。

真面目なる解決を施さなければならぬという気になった。今までの自分の行為の甚だ不自然で不真面目であるのに思いついた。時雄はその夜、備中の山中にある芳子の父母に寄する手紙を熱心に書いた。芳子の手紙をその中に巻込んで、二人の近況を詳しく記し、最後に、

父たる貴下と師たる小生と当事者たる二人と相対して、この問題を真面目に議すべき時節到来せりと存候《ぞんじそうろう》、貴下は父としての主張あるべく、芳子は芳子としての自由あるべく、小生また師としての意見有之《これあり》候、御多忙の際には有之候《そうら》えども、是非是非御出京下されたく、幾重《いくえ》にも希望仕《つかまつり》候。

と書いて筆を結んだ。封筒に収めて備中国新見町《にいみまち》横山兵蔵《ひょうぞう》様と書いて、傍《かたわら》に置いて、じっとそれを見入った。この一通が運命の手だと思った。思い切って婢《おんな》を呼んで渡した。

一日二日、時雄はその手紙の備中の山中に運ばれて行くさまを想像した。四面山で囲まれた小さな田舎町《いなかまち》、その中央にある大きな白壁造、そこに郵便脚夫が配達すると、店にいた男がそれを奥へ持って行く。丈《せい》の高い、髯《ひげ》のある主人がそれを読む——運命の力は一刻ごとに迫って来た。

八

十日に時雄は東京に帰った。

その翌日、備中から返事があって、二、三日の中《うち》に父親が出発すると報じて来た。芳子も田中も今の際、寧ろそれを希望しているらしく、別にこれといって驚いた様子もなかった。

父親が東京に着いて、先ず京橋に宿を取って、牛込《うしごめ》の時雄の宅を訪問したのは十六日の午前十一時頃であった。丁度《ちょうど》日曜で、時雄は宅にいた。父親はフロックコートを着て、中高帽《ちゅうたかぼう》を冠《かぶ》って、長途の旅行に疲れたという風であった。

芳子はその日医師へ行っていた。三日ほど前から風邪《かぜ》を引いて、熱が少しあった。頭痛がすると言っていた。間もなく帰って来たが、裏口から何の気なしに入ると、細君が、

「芳子さん、芳子さん、大変よ、お父《とう》さんが来てよ。」

「お父さん。」

と芳子もさすがにはっとした。

そのまま二階に上ったが下りて来ない。

奥で、「芳子は?」と呼ぶので、細君が下から呼んで見たが返事がない。登って行って見ると、芳子は机の上に打伏《うちふ》している。

「芳子さん。」

返事がない。

傍に行ってまた呼ぶと、芳子は青い神経性の顔を擡《もた》げた。

「奥で呼んでいますよ。」

「でもね、奥さん、私はどうして父に逢われるでしょう。」

泣いているのだ。

「だッて、父様《とうさま》に久しぶりじゃありませんか。どうせ逢わないわけには行かんのですもの。何《な》アにそんな心配をすることはありませんよ、大丈夫ですよ。」

「だッて、奥さん。」

「本当に大丈夫ですから、しっかりなさいよ、よくあなたの心を父様にお話しなさいよ。本当に大丈夫ですよ。」

芳子は遂に父親の前に出た。鬚《ひげ》多く、威厳のある中に何処《どこ》となく優しい処《ところ》のある懐かしい顔を見ると、芳子は涙の漲《みなぎ》るのを禁《とど》め得なかった。旧式な頑固な爺《おやじ》、若いものの心などの解らぬ爺、それでもこの父は優しい父であった。母親は万事に気が附いて、よく面倒を見てくれたけれど、何故《なにゆえ》か芳子には母よりもこの父の方が好かった。その身の今の窮迫を訴え、泣いてこの恋の真面目なのを訴えたら父親もよもや動かされぬことはあるまいと思った。

「芳子、暫《しばら》くじゃッたのう……体は丈夫かの？」

「お父さま……」芳子は後《あと》を言い得なかった。

「今度来ます時に……」と父親は傍《そば》に坐っている時雄に語った。「佐*野と御殿場《ごてんば》でしたかナ、汽車に故障がありましてナ、二時間ほど待ちました。機関が破裂しましてナ。」

「それは……」

「全速力で進行している中《うち》に、凄《すさま》じい音がしたと思いましたけえ、汽車が夥《おびただ》しく傾斜してだらだらと逆行しましてナ、何事かと思いました。機関が破裂して火夫が二人とか即死した……」

「それは危険でしたナ。」

「沼津から機関車を持って来てつけるまで二時間も待ちましたけえ、その間もナ、思いまして……これのためにこうして東京に来ている途中、もしもの事でもあったら、芳

（と今度は娘の方を見て）お前も兄弟に申訳がなかろうと思ったじゃわ。」

芳子は頭《かしら》を垂れて黙っていた。

「それは危険でした。それでも別にお怪我《けが》もなくって結構でした。」

「え、まア。」

父親と時雄は暫くその機関破裂のことに就いて語り合った。ふと、芳子は、

「お父様、家《うち》では皆な変ることはございません？」

「うむ、皆な達者じゃ。」

「母《おっか》さんも……」

「うむ、今度も私が忙しいけえナ、母に来てもらうように言うてじゃったが、やはり、私の方が好いじゃろうと思って……」

「兄さんも御達者？」

「うむ、あれもこの頃は少し落附《おちつ》いている。」

かれこれする中《うち》に、午飯《ひるめし》の膳が出た。芳子は自分の室《へや》に戻った。食事を終って、茶を飲みながら、時雄は前からのその問題を語り続《つ》いだ。

「で、貴方《あなた》はどうしても不賛成？」

「賛成しようにもしまいにも、まだ問題になりおりませんけえ。今、仮に許して、二人一緒にするに致しても、男が二十二で、同志社の三年生では……」

「それは、そうですが、人物を御覧の上、将来の約束でも……」

「いや、約束などと、そんなことは致しますまい。私は人物を見たわけでありませんけえ、よく知りませんけどナ、女学生の上京の途次を要して途中に泊らせたり、年来の恩ある神戸教会の恩人を一朝にして捨て去ったりするような男ですけえ、とても話にはならぬと思いますじゃ。この間、芳から母へよこした手紙に、その男が苦しんでいるじゃで、どうか御察し下すって、私の学費を少くしても好いから、早稲田に通う位の金を出してくれと書いてありましたげな、何かそういう計画《もくろみ》で芳がだまされているんではないですかな。」

「そんなことはないでしょうと思うですが……」

「どうも怪しいことがあるです。芳子と約束が出来て、すぐ宗教が厭《いや》になって文学が好きになったと言うのも可笑《おか》しし、その後《あと》をすぐ追って出て来て、貴方《あなた》などの御説諭も聞かずに、衣食に苦しんでまでもこの東京にいるなども意味がありそうですわい。」

「それは恋の惑溺であるかも知れませんから善意に解釈することも出来ますが。」

「それにしても許可するのせぬのとは問題になりませんけえ、結婚の約束は大きなことでして……。それにはその者の身分も調べて、こっちの身分との釣合《つりあい》も考えなければなりませんし、血統を調べなければなりません。それに人物が第一です。貴方の御覧になる所では、秀才だとか仰《おっ》しゃってですが……」

「いや、そう言うわけでもなかったです。」

「一体、人物はどういう……」

「それはかえって母《おっか》さんなどが御存じだと言うことですが。」

「何アに、須磨の日曜学校で一、二度会ったことがある位、妻《さい》もよく知らんそうですけえ。何でも神戸では多少秀才とか何とか言われた男で、芳は女学院にいる頃から知っているのでしょうがナ。説教や祈禱《きとう》などを遣《や》らせると、大人《おとな》も及ばぬような巧いことを遣りおったそうですけえ。」

「それで話が演説調になるのだ、形式的になるのだ、あの厭《いや》な上目《うわめ》を使うのは、祈禱をする時の表情だ、」と時雄は心の中《うち》に合点《がてん》した。あの厭な表情で若い女を迷わせるのだなと続いて思って厭な気がした。

「それにしても、結局はどうしましょう？　芳子さんを伴《つ》れてお帰りになりますか。」

「されば……なるたけは連れて帰りたくないと思いますがナ。村に娘を伴れて突然帰ると、どうも際立《きわだ》って面白くありません。私も妻も種々《いろいろ》村の慈善事業や名誉職などを遣《や》っておりますけえ、今度のことなどがぱっとしますと、非常に困る場合もあるです……。で、私は、貴方の仰しゃる通り、出来得べくば、男を元の京都に帰して、此処《ここ》一、二年、娘はなおお世話になりたいと存じておりますじゃが……」

「それが好いですな。」

と時雄は言った。

二人の間柄に就いての談話も一、二あった。時雄は京都嵯峨の事情、その以後の経過を話し、二人の間には神聖の霊の恋のみ成立っていて、汚い関係はないであろうと言った。父親はそれを聴いて点頭《うなず》きはしたが、「でもまア、そっちの関係もあるものとして見なければなりますまい、」と言った。

父親の胸には今更娘に就いての悔恨の情が多かった。田舎ものの虚栄心《ヴァニチー》のために神戸女学院のような、ハイカラな学校に入れて、その寄宿舎生活を行わせたことや、娘の切なる希望《のぞみ》を容《い》れて小説を学ぶべく東京に出したことや、多病のために言うがままにして余り検束を加えなかったことや、いろいろなことが簇々《むらむら》と胸に浮んだ。

一時間後にはわざわざ迎いに遣《や》った田中がこの室《へや》に来ていた。芳子もその傍に庇髪《ひさしがみ》を俛《た》れて談話を聞いていた。父親の眼に映じた田中は元より気に入った人物ではなかった。その白縞の袴《はかま》を着け、紺がすりの羽織を着た書生姿は、軽蔑の念と憎悪の念とをその胸に漲《みなぎ》らしめた。その所有物を奪った憎むべき男という感は、かつて時雄がその下宿でこの男を見た時の感と甚だよく似ていた。

田中は袴の襞《ひだ》を正して、しゃんと坐ったまま、多く二尺先位の畳をのみ見ていた。服従という態度よりも反抗という態度が歴々としていた。どうも少し固くなり過ぎて、芳子を自分の自由にする或る権利を持っているという風に見えていた。

談話は真面目にかつ烈《はげ》しかった。父親はその破廉恥《はれんち》を敢《あえ》て正面から責めはしないが、おりおり苦い皮肉をその言葉の中《うち》に交えた。初めは時雄が口を切ったが、中頃から重《おも》に父親と田中とが語った。父親は県会議員をした人だけあって、言葉の抑揚頓挫《とんざ》が中々巧みであった。演説に慣れた田中も時々沈黙させられた。二人の恋の許可不許可も問題に上ったが、それは今研究すべき題目でないとして却《しりぞ》けられ、当面の京都帰還問題が論ぜられた。

恋する二人――殊に男に取っては、この分離は甚だ辛《つら》いらしかった。男は宗教的資格を全く失ったということ、帰るべく家をも国をも持たぬということ、二、三月来飄零《ひょうれい》の結果漸《ようや》く東京に前途の光明を認め始めたのに、それを捨て去るに忍びぬということなぞを楯として、頻《しき》りに帰国の不可能を主張した。

父親は懇々として説いた。

「今更京都に帰れないという、それは帰れないに違いない。けれど今の場合である。愛する女子《おなご》ならその女子のために犠牲になれぬということはあるまいじゃ。京都に帰れないから田舎に帰る。帰れば自分の目的が達せられぬというが、其処《そこ》を言うのじゃ。其処を犠牲になっても好かろうと言うのじゃ。」

田中は黙して下を向いた。容易に諾《だく》しそうにもない。

先ほどから黙って聞いていた時雄は、男が余りに頑固《かたくな》なのに、急に声を励《はげま》して、「君、僕は先ほどから聞いていたが、あれほどに言うお父《とっ》さんの言葉が解らんですか。お父さんは、君の罪をも問わず、破廉恥《はれんち》をも問わず、将来もし縁があったら、この恋愛を承諾せぬではない。君もまだ年が若い、芳子さんも今修業最中である。だから二人は今暫《しばら》くこの恋愛問題を未解決の中にそのままにしておいて、そしてその行末《ゆくすえ》を見ようと言うのが解らんですか。今の場合、二人はどうしても一緒には置かれぬ。どちらかこの東京を去らなくってはならん。この東京を去るということに就いては、君が先ず去るのが至当だ。何故《なぜ》かといえば、君は芳子の後を追うて来たのだから。」

「よう解っております、」と田中は答えた。「私が万事悪いのでございますから、私が一番に去らなければなりません。先生は今、この恋愛を承諾して下されぬではないと仰しゃったが、お父様の先ほどの御言葉では、まだ満足致されぬような訳でして……」

「どういう意味です。」

と時雄は反問した。

「本当に約束せぬというのが不満だと言うのですじゃろう、」と、父親は言葉を入れて、「けれど、これは先ほどもよく話したはずじゃけえ。今の場合、許可、不許可という事は出来ぬじゃ。独立することも出来ぬ修業中の身で、二人一緒にこの世の中に立って行こうと言やるは、どうも不信用じゃ。だから私は今三、四年はお互に勉強するが好いじゃと思う。真面目ならば、こうまで言った話は解らんけりゃならん。私が一時を瞞着《まんちゃく》して、芳を他に嫁《かたづ》けるとか言うのやなら、それは不満足じゃろう。けれど私は神に誓って言う、先生を前に置いて言う、三年は芳を私から進んで嫁にやるようなことはせんじゃ。人の世はヱホバの思召《おぼしめし》次第、罪の多い人間はその力ある審判《さばき》を待つより他に為方《しかた》がないけえ、私は芳は君に進ずるとまでは言うことは出来ん。今の心が許さんけえ、今度のことは、神の思召に適《かな》っていないと思うけえ。三年経って、神の思召に適うかどうか、それは今から予言は出来んが、君の心が、真実真面目で誠実であったなら、必ず神の思召に適うことと思うじゃ。」

「あれほどお父《とつ》さんが解っていらっしゃる、」と時雄は父親の言葉を受けて、「三年、君がために待つ。君を信用するに足りる三年の時日を君に与えると言われたのは、実にこの上ない恩恵《めぐみ》でしょう。人の娘を誘惑するような奴《やつ》には真面目に話をする必要がないといって、このまま芳子をつれて帰られても、君は一言も恨むせきはないのですのに、三年待とう、君の真心の見えるまでは、芳子を他に嫁《かたづ》けるようなことはすまいと言う。実に恩恵ある言葉だ。許可すると言ったより一層恩義が深い。君はこれが解らんですか。」

田中は低頭《うつむ》いて顔をしかめると思ったら、涙がはらはらとその頬を伝った。

一座は水を打ったように静かになった。

田中は溢れ出《い》ずる涙を手の拳で拭《ぬぐ》った。時雄は今ぞ時と、

「どうです、返事をし給《たま》え。」

「私などはどうなっても好《よ》うおます。田舎に埋《うも》れても構わんどす!」

また涙を拭った。

「それではいかん。そう反抗的に言ったって為方がない。腹の底を打明けて、互に不満足のないようにしようとするためのこの会合です。君は達《た》って、田舎に帰るのが厭だとならば、芳子を国に帰すばかりです。」

「二人一緒に東京にいることは出来んですか？」

「それは出来ん。監督上出来ん。二人の将来のためにも出来ん。」

「それでは田舎に埋れてもようおます！」

「いいえ、私が帰ります。」と芳子も涙に声を震わして、「私は女……女です……貴方《あなた》さえ成功して下されば、私は田舎に埋れても構やしません、私が帰ります。」

一座はまた沈黙に落ちた。

暫くしてから、時雄は調子を改めて、

「それにしても、君はどうして京都に帰れんのです。神戸の恩人に一伍一什《いちぶしじゅう》を話して、今までの不心得を謝して、同志社に戻ったら好いじゃありませんか。芳子さんが文学志願だから、君も文学家にならんければならんというようなことはない。宗教家として、神学者として、牧師として大《おおい》に立ったなら好いでしょう。」

「宗教家にはもうとてもようなりまえん。人に対《むか》って教《おしえ》を説くような豪《えら》い人間ではないでおますで。……それに、残念ですのは、三月の間苦労しまして、実は漸くある親友の世話で、衣食の道が開けましたで……田舎に埋れるには忍びまえんで。」

三人はなお語った。話は遂に一小段落を告げた。田中は今夜親友に相談して、明日か明後日までに確乎《かつこ》たる返事を齎《もた》らそうと言って、一先《ひとま》ず帰った。時計はもう午後四時、冬の日は暮近く、今まで室《へや》の一隅《ひとすみ》に照っていた日影もいつか消えてしまった。

一室は父親と時雄と二人になった。

「どうも煮え切らない男ですわい。」と父親はそれとなく言った。

「どうも形式的で、甚《はなは》だ要領を得んです。もう少し打明けて、ざっくばらんに話してくれると好いですけれど……」

「どうも中国の人間はそうは行かんですけえ、人物が小さくって、小細工で、すぐ人の股《また》を潜《くぐ》ろうとするですわい。関東から東北の人はまるで違うですがナア。悪いのは悪い、好いのは好いと、真情を吐露《とろ》してしまうけえ、好いですけどもナ。どうもいかん。小細工で、小理窟で、めそめそ泣きおった……」

「どうもそういう処がありますナ。」

「見ていさっしゃい、明日きっと快諾しやあせんけえ、何の彼《か》のと理窟をつけて、帰るまいとするけえ。」

時雄の胸に、ふと二人の関係に就いての疑惑が起った。男の烈《はげ》しい主張と芳子を己《おの》が所有とする権利があるような態度とは、時雄にこの疑惑を起さしむるの動機となったのである。

「で、二人の間の関係をどう御観察なすったです。」

時雄は父親に問うた。

「そうですな。関係があると思わんけりゃなりますまい。」

「今の際、確めておく必要があると思うですが、芳子さんに、嵯峨行の弁解をさせましょうか。今度の恋は嵯峨行の後に始めて感じたことだと言うてましたから、その証拠になる手紙があるでしょうから。」

「まア、其処《そこ》までせんでも……」

父親は関係を信じつつもその事実となるのを恐れるらしい。

運悪く其処に芳子は茶を運んで来た。

時雄は呼留《よびと》めて、その証拠になる手紙があるだろう、その身の潔白を証するために、その前後の手紙を見せ給えと迫った。

これを聞いた芳子の顔は俄《にわ》かに赧《あか》くなった。さも困ったという風が歴々として顔と態度とに顕《あら》われた。

「あの頃の手紙はこの間皆な焼いてしまいましたから。」その声は低かった。

「焼いた？」

「ええ。」

芳子は顔を俛《た》れた。

「焼いた？　そんなことはないでしょう。」

芳子の顔はいよいよ赧くなった。時雄は激さざるを得なかった。事実は恐しい力でかれの胸を刺した。

時雄は立って厠《かわや》に行った。胸は苛々《いらいら》して、頭脳《あたま》は眩惑《げんわく》するように感じた。欺《あざむ》かれたという念が烈しく心頭を衝《つ》いて起った。厠を出ると、其処に――障子の外に、芳子はおどおどした様子で立っている。

「先生――本当に、私は焼いてしまったのですから。」

「うそをお言いなさい、」と、時雄は叱るように言って、障子を烈しく閉めて室内に入った。

九

父親は夕飯《ゆうめし》の馳走になって旅宿に帰った。時雄のその夜の煩悶《はんもん》は非常であった。欺かれたと思うと、業《ごう》が煮えて為方《しかた》がない。否《いや》、芳子の霊と肉――その全部を一書生に奪われながら、とにかくその恋に就いて真面目に尽したかと思うと腹が立つ。その位なら、――あの男に身を任せていた位なら、何もその処女の節操《みさお》を尊ぶには当らなかった。自分も大胆に手を出して、性慾の満足を買えば好かった。こう思うと、今まで上天の境に置いた美しい芳子は、売女《ばいじょ》か何ぞのように思われて、その体は愚《おろ》か、美しい態度も表情も卑しむ気になった。で、その夜は悶《もだ》え悶えて殆ど眠られなかった。様々の感情が黒雲のように胸を通った。その胸に手を当てて時雄は考えた。いっそこうしてくれようかと思った。どうせ、男に身を任せて汚れているのだ。このままこうして、男を京都に帰して、その弱点を利用して、自分の自由にしようかと思った。と、種々《いろいろ》なことが頭脳《あたま》に浮ぶ。芳子がその二階に泊って寝ていた時、もし自分がこっそりその二階に登って行って、

本の豆知識

●本の背３様式●

フレキシブルバック

柔軟背（flexible back）表紙の背が中身の背と密着していて，しかも柔軟に作られている．本の背が逆に折れ曲がるので，背文字がそこなわれるという欠点があるが，本の開閉は容易である．

タイトバック

硬背（tight back）表紙の背と中身の背が密着しており，背の部分が固められている．本の開きは他様式に比べ悪いため厚い本には不向きだが，背の形はくずれず堅牢．

ホローバック

腔背（hollow back）上の２つの様式の長所をとって考案されたもの．表紙の背と中身の背が離れて空洞ができる．そのため，のどの部分が壊れやすい欠点があるが，本の開閉は容易で背文字も損傷しないという長所がある．

遣瀬《やるせ》なき恋を語ったらどうであろう。危坐《きざ》して自分を諫《いさ》めるかも知れぬ。声を立てて人を呼ぶかも知れぬ。それともまたせつない自分の情を汲《く》んで犠牲になってくれるかも知れぬ。さて犠牲になったとして、翌朝はどうであろう、明かな日光を見ては、さすがに顔を合せるにも忍びぬに相違ない。日長《た》けるまで、朝飯《あさめし》をも食わずに寝ているに相違ない。その時、モウパッサンの「父」*という短篇を思い出した。ことに少女が男に身を任せて後烈《はげ》しく泣いたことの書いてあるのを痛切に感じたが、それをまた今思い出した。かと思うと、この暗い想像に抵抗する力が他の一方から出て、盛《さかん》にそれと争った。で、煩悶また煩悶、懊悩《おうのう》また懊悩、寝返《ねがえり》を幾度《いくたび》となく打って二時、三時の時計の音をも聞いた。

芳子も煩悶したに相違なかった。朝起きた時は蒼《あお》い顔をしていた。朝飯をも一椀で止《よ》した。なるたけ時雄の顔に逢うのを避けている様子であった。芳子の煩悶はその秘密を知られたというよりも、それを隠しておいた非を悟った煩悶であったらしい。午後にちょっと出て来たいと言ったが、社へも行かずに家《うち》にいた時雄はそれを許さなかった。一日はかくて過ぎた。田中から何らの返事もなかった。

芳子は午飯《ひるめし》も夕飯も食べたくないとて食わない。陰鬱な気が一家に充《み》ちた。細君は夫の機嫌の悪いのと、芳子の煩悶しているのに胸を痛めて、どうしたことかと思った。昨日《きのう》の話の模様では、万事円満に収まりそうであったのに……。細君は一椀なりと召上らなくては、お腹が空《す》いて為方《しかた》があるまいと、それを侑《すす》めに二階へ行った。時雄はわびしい薄暮を苦い顔をして酒を飲んでいた。やがて細君が下りて来た。どうしていたと時雄は聞くと、薄暗い室《へや》に洋灯《ランプ》も点《つ》けず、書き懸けた手紙を机に置いて打伏《うちふ》していたとの話。手紙？　誰に遣る手紙？　時雄は激した。そんな手紙を書いたって駄目だと宣告しようと思って、足音高く二階に上った。

「先生、後生《ごしょう》ですから。」

と祈るような声が聞えた。机の上に打伏したままである。「先生、後生ですから、もう、少し待って下さい。手紙に書いて、さし上げますから。」

時雄は二階を下りた。暫《しばら》くして下女は細君に命ぜられて、二階に洋灯を点けに行ったが、下りて来る時、一通の手紙を持って来て、時雄に渡した。

時雄は渇したる心を以て読んだ。

先生、

私は堕落女学生です。私は先生の御厚意を利用して、先生を欺《あざむ》きました。その罪はいくらお詫びしても許されませぬほど大きいと思います。先生、どうか弱いものと思ってお憐《あわれ》み下さい。先生に教えて頂いた新しい明治の女子《おんな》としての務め、それを私は行《や》っておりませんでした。やはり私は旧派の女、新しい思想を行う勇気を持っておりませんでした。私は田中に相談しまして、どんなことがあってもこの事ばかりは人に打明けまい。過ぎたことは為方《しかた》がないが、これからは清浄な恋を続けようと約束したのです。けれど、先生、先生の御煩悶が皆な私の至らないためであると思いますと、じっとしてはおられません。今日は終日そのことで胸を痛めました。どうか先生、この憐れなる女をお憐み下さいまし。先生にお縋《すが》り申すより他《ほか》、私には道がないのでございます。

芳子

先生　おもと

時雄は今更に地の底にこの身を沈めらるるかと思った。手紙を持って立上った。その激した心には、芳子がこの懺悔《ざんげ》を敢《あえ》てした理由——総《すべ》てを打明けて縋ろうとした態度を解釈する余裕がなかった。二階の階梯《はしご》をけたたましく踏鳴らして上って、芳子の打伏している机の傍に厳然として坐った。

「こうなっては、もう為方がない。私はもうどうすることも出来ぬ。この手紙はあなたに返す、この事に就いては、誓って何人《なんぴと》にも沈黙を守る。とにかく、あなたが師として私を信頼した態度は新しい日本の女として恥しくない。けれどこうなっては、あなたが国に帰るのが至当だ。今夜——これから直ぐ父様の処に行きましょう、そして一伍一什《いちぶしじゅう》を話して、早速、国に帰るようにした方が好い。」

で、飯を食いおわるとすぐ、支度をして家を出た。芳子の胸にさまざまの不服、不平、悲哀が溢れたであろうが、しかも時雄の厳《おごそ》かなる命令に背《そむ》くわけには行かなかった。市《いち》ケ谷《や》から電車に乗った。二人相並んで座を取ったが、しかも一語をも言葉を交えなかった。山下門《やましたもん》で下りて、京橋の旅館《はたごや》に行くと、父親は都合よく在宅していた。一伍一什——父親は特に怒りもしなかった。ただ同行して帰国するのをなるべく避けたいらしかったが、しかもそれより他《ほか》に路《みち》はなかった。芳子は泣きも笑いもせず、ただ、運命の奇《く》しきに呆るるという風であった。時雄は捨てたつもりで芳子を自分に任せることは出来ぬかと言ったが、父親は当人が親を捨ててもというならばいざ知らず、普通の状態に於いては無論許そうとはしなかった。芳子もまた親を捨ててまでも、帰国を拒《こば》むほどの決心が附いておらなかった。で、時雄は芳子を父親に預けて帰宅した。

田中は翌朝時雄を訪《と》うた。かれは大勢《たいせい》の既に定まったのを知らずに、己《おのれ》の事情の帰国に適せぬことを縷々《るる》として説こうとした。霊肉ともに許した恋人の例《ならい》として、いかようにしても離れまいとするのである。

時雄の顔には得意の色が上った。

「いや、もうその問題は決着したです。芳子が一伍一什をすっかり話した。君らは僕を欺いていたということが解った。大変な神聖な恋でしたナ。」

田中の顔は俄《にわ》かに変った。羞恥《しゅうち》の念と激昂《げっこう》の情と絶望の悶《もだえ》とがその胸を衝《つ》いた。かれは言う所を知らなかった。

「もう、止《や》むを得んです、」と時雄は言葉を続《つ》いで、「僕はこの恋に関係することが出来ません。いや、もう厭《いや》です。芳子を父親の監督に移したです。」

男は黙って坐っていた。蒼《あお》いその顔には肉の戦慄《ふるえ》が歴々と見えた。ふと、急に、辞儀をして、こうしてはおられぬという態度で、此処《ここ》を出て行った。

午前十時頃、父親は芳子を伴《ともの》うて来た。いよいよ今夜六時の神戸急行で帰国するので、大体の荷物は後から送ってもらうとして、手廻《てまわり》の物だけ纏《まと》めて行こうというのであった。芳子は自分の二階に上って、そのまま荷物の整理に取懸《とりかか》った。

時雄の胸は激してはおったが、以前よりは軽快であった。二百余里の山川を隔てて、もうその美しい表情をも見ることが出来なくなると思うと、言うに言われぬ侘《わび》しさを感ずるが、その恋せる女を競争者の手から父親の手に移したことは尠《すく》なくとも愉快であった。で、時雄は父親と寧ろ快活に種々《いろいろ》なる物語に耽《ふけ》った。父親は田舎の紳士によく見るような書画道楽、*雪舟《せっしゅう》、応挙《おうきょ》、容斎《ようさい》の絵画、山陽、竹田《ちくでん》、海屋《かいおく》、茶山《ちゃざん》の書を愛し、その名幅《めいふく》を無数に蔵していた。話は自《おのず》からそれに移った。平凡なる書画物語はこの一室に一時《いっとき》栄《は》えた。

田中が来て、時雄に逢いたいと言った。八畳と六畳との中じきりを閉めて、八畳で逢った。父親は六畳にいた。芳子は二階の一室にいた。

「御帰国になるんでしょうか。」

「え、どうせ、帰るんでしょう。」

「芳さんも一緒に。」

「それはそうでしょう。」

「何時《いつ》ですか、お話下されますまいか。」

「どうも今の場合、お話することは出来ませんナ。」

「それではちょっとでも……芳さんに逢わせて頂く訳には参りますまいか。」

「それは駄目でしょう。」

「では、お父様はどちらへお泊りですか、ちょっと番地をうかがいたいですが。」

「それも僕には教えて好いか悪いか解らんですから。」

取附く島がない。田中は黙って暫《しば》し坐っていたが、そのまま辞儀をして去った。

昼飯の膳がやがて八畳に並んだ。これがお別れだというので、細君は殊《こと》に注意して酒《さけ》肴《さかな》を揃えた。時雄も別れのしるしに、三人相並んで会食しようとしたのである。けれど芳子はどうしても食べたくないという。細君が説勧《ときすす》めても来ない。時雄は自身二階に上った。

東の窓を一枚明けたばかり、暗い一室には本やら、雑誌やら、着物やら、帯やら、罎《びん》やら、行李《こうり》やら、支那鞄《かばん》やらが足の踏み度もないほどに散らばっていて、塵埃《ちりほこり》の香《か》が夥《おびただ》しく鼻を衝《つ》く中《うち》に、芳子は眼を泣腫《なきはら》して荷物の整理をしていた。三年前、青春の希望湧くがごとき心を抱いて東京に出て来た時のさまに比べて、何らの悲惨、何らの暗黒であろう。すぐれた作品一つ得ず、こうして田舎に帰る運命かと思うと、堪《たま》らなく悲しくならずにはいられまい。

「折角《せっかく》支度したから、食ったらどうです。もう暫くは一緒に飯も食べられんから。」

「先生——」

と、芳子は泣出した。

時雄も胸を衝《つ》いた。師としての温情と責任とを尽したかと烈《はげ》しく反省した。かれも泣きたいほど佗しくなった。光線の暗い一室、行李や書籍の散逸せる中に、恋せる女の帰国の涙、これを慰むる言葉もなかった。

午後三時、車が三台来た。玄関に出した行李、支那鞄、信玄袋を車夫は運んで車に乗せた。芳子は栗梅《くりうめ》の被布《ひふ》を着て、白いリボンを髪に挿《さ》して、眼を泣腫していた。送って出た細君の手を堅く握って、

「奥さん、さようなら……私、またきっと来てよ、きっと来てよ、来ないでおきはしないわ。」

「本当にね、また出ていらっしゃいよ。一年位したら、きっとね。」

と、細君も堅く手を握りかえした。その眼には涙が溢れた。女心の弱く、同情の念はその小さい胸に張り渡《みなぎ》ったのである。

冬の日のやや薄寒き牛込《うしごめ》の屋敷町、最先《まつさき》に父親、次に芳子、次に時雄という順序で車は走り出した。細君と下婢《げじょ》とは名残《なごり》を惜《お》しんでその車の後影《うしろかげ》を見送っていた。その後《うしろ》に隣の細君がこの俄《にわ》かの出立《しゅったつ》を何事かと思って見ていた。なおその後《うしろ》の小路の曲り角に、茶色の帽子を被《かぶ》った男が立っていた。芳子は二度、三度まで振返った。

車が麴町《こうじまち》の通《とおり》を日比谷へ向う時、時雄の胸に、今の女学生ということが浮んだ。前に行く車上の芳子、高い*二百三高地巻、白いリボン、やや猫背勝《がち》なる姿、こういう形をして、こういう事情の下に、荷物とともに父に伴《つ》れられて帰国する女学生はさぞ多いことであろう。芳子、あの意志の強い芳子でさえこうした運命を得た。教育家の喧《かまびす》しく女子問題を言うのも無理はない。時雄は父親の苦痛と芳子の涙とその身の荒涼たる生活とを思った。路行《みちゆ》く人の中にはこの荷物を満載して、父親と中年の男子《おとこ》に保護されて行く花の如き女学生を意味ありげに見送るものもあった。

京橋の旅館に着いて、荷物を纏《まと》め、会計を済ました。この家は三年前、芳子が始めて父に伴れられて出京した時泊った旅館で、時雄は此処《ここ》に二人を訪問したことがあった。

三人はその時と今とを胸に比較して感慨多端であったが、しかも互に避けて面《おもて》にあらわさなかった。五時には新橋の停車場に行って、二等待合室に入った。

混雑また混雑、群集また群集、行く人送る人の心は皆空になって、天井に響く物音が更に旅客の胸に反響した。悲哀《かなしみ》と喜悦《よろこび》と好奇心とが停車場の到る処に巴渦《うず》を巻いていた。一刻ごとに集《あつま》り来る人の群、殊に六時の神戸急行は乗客が多く、二等室も時の間に肩摩轂撃《けんまこくげき》の光景となった。時雄は二階の壺屋《つぼや》からサンドウィッチを二箱買って芳子に渡した。切符と入場切符も買った。手荷物のチッキも貰った。今は時刻を待つばかりである。

この群集の中に、もしや田中の姿が見えはせぬかと三人皆思った。けれどその姿は見えなかった。

ベルが鳴った。群集はぞろぞろと改札口に集った。一刻も早く乗込もうとする心が燃えて、焦立《いらだ》って、その混雑は一通りでなかった。三人はその間を辛うじて抜けて、広いプラットホオムに出た。そして最も近い二等室に入った。

後からも続々と旅客が入って来た。長い旅を寝て行こうとする商人もあった。呉《くれ》あたりに帰るらしい軍人の佐官もあった。大阪言葉を露骨《むきだし》に、喋々《ちょうちょう》と雑話に耽《ふ》ける女連《おんなづれ》もあった。父親は白い毛布を長く敷いて、傍《そば》に小さい鞄《かばん》を置いて、芳子と相並んで腰を掛けた。電気の光が車内に差渡《さしわた》って、芳子の白い顔がまるで浮彫のように見えた。父親は窓際に来て、幾度《いくたび》も厚意のほどを謝し、後《あと》に残ることに就いて、万事を嘱《しょく》した。時雄は茶色の中折帽《なかおれぼう》、七子《ななこ》の三紋《みつもん》の羽織という扮装《いでたち》で、窓際に立尽《たちつく》していた。

発車の時間は刻々に迫った。時雄は二人のこの旅を思い、芳子の将来のことを思った。その身と芳子とは尽きざる縁《えにし》があるように思われる。妻がなければ、無論自分は芳子を貰ったに相違ない。芳子もまた喜んで自分の妻になったであろう。理想の生活、文学的の生活、堪え難き創作の煩悶《はんもん》をも慰めてくれるだろう。今の荒涼たる胸をも救ってくれる事が出来るだろう。「何故《なぜ》、もう少し早く生れなかったでしょう、私も奥様時分に生れておれば面白かったでしょうに……」と妻に言った芳子の言葉を思い出した。この芳子を妻にするような運命は永久その身に来ぬであろうか。この父親を自分の舅《しゅうと》と呼ぶような時は来ぬだろうか。人生は長い、運命は奇《く》しき力を持っている。処女でないということが――一度《ひとたび》節操《みさお》を破ったということが、かえって年多く子供ある自分の妻たることを容易ならしむる条件となるかも知れぬ。運命、人生――かつて芳子に教えたツルゲネーフの『プニンとバブリン』が時雄の胸に上った。露西亜《ロシア》の卓《すぐ》れた作家の描いた人生の意味が今更のように胸を撲《う》った。

時雄の後《うしろ》に、一群の見送人がいた。その蔭に、柱のそばに、いつ来たか、一箇《ひとつ》の古い中折帽を冠《かぶ》った男が立っていた。芳子はこれを認めて胸を轟《とどろ》かした。父親は不快な感を抱いた。けれど、空想に耽って立尽した時雄は、その後にその男がいるのを夢にも知らなかった。

車掌は発車の笛を吹いた。

汽車は動き出した。

十一

さびしい生活、荒涼たる生活は再び時雄の家に音信《おとず》れた。子供を持てあまして喧《やかま》しく叱る細君の声が耳について、不愉快な感を時雄に与えた。

生活は三年前の旧《むかし》の轍《わだち》にかえったのである。

五日目に、芳子から手紙が来た。いつもの人懐かしい言文一致でなく、礼儀正しい候文で、「昨夕恙《つつが》なく帰宅致し候まま御安心被下度《くだされたく》、この度《たび》はまことに御忙しき折柄種々《いろいろ》御心配ばかり相懸け候うて申訳も無之《これなく》、幾重《いくえ》にも御詫《おわび》申上候、御前《おんまえ》に御高恩をも謝し奉《たてまつ》り、御詫も致したく候《そうら》いしが、とかくは胸迫りて最後の会合すら辞《いな》み候心、お察し被下度候、新橋にての別離《わかれ》、硝子戸《ガラスど》の前に立ち候ごとに、茶色の帽子うつり候ようの心地《ここち》致し、今なおまざまざと御姿見るのに候、山北辺《やまきた》より雪降り候うて、湛井《たたい》よりの山道十五里、悲しきことのみ思い出《い》で、かの一茶が「これがまアつひの住家《すみか》か雪五尺」の名句痛切に身にしみ申《もうし》候、父よりいずれ御礼の文《ふみ》奉りたく存居候《ぞんじおりそうら》えども今日は町の市日《いちび》にて手引き難く、乍失礼《しつれいながら》私よりよろしく御礼申上候、まだまだ御目汚したきこと沢山に有之《これあり》候えども激しく胸騒ぎ致し候まま今日はこれにて筆擱《さしお》き申候、」と書いてあった。

時雄は雪の深い十五里の山道と雪に埋れた山中の田舎町とを思い遣《や》った。別れた後そのままにしておいた二階に上った。懐かしさ、恋しさの余り、微《かす》かに残ったその人の面影を偲《しの》ぼうと思ったのである。武蔵野の寒い風の盛《さかん》に吹く日で、裏の古樹には潮《うしお》の鳴るような音が凄《すさま》じく聞えた。別れた日のように東の窓の雨戸を一枚明けると、光線は流るるように射《さ》し込んだ。机、本箱、罎《びん》、紅皿《べにざら》、依然として元のままで、恋しい人はいつものように学校に行っているのではないかと思われる。時雄は机の抽斗《ひきだし》を明けて見た。古い油の染《し》みたリボンがその中に捨ててあった。時雄はそれを取って匂いを嗅《か》いだ。暫《しばら》くして立上って襖《ふすま》を明けて見た。大きな柳行李《やなぎごうり》が三箇細引《ほそびき》で送るばかりに絡《から》げてあって、その向うに、芳子が常に用いていた蒲団《ふとん》――萌黄《もえぎ》唐草《からくさ》の敷蒲団と、綿の厚く入った同じ模様の夜着《よぎ》とが重ねられてあった。時雄はそれを引出した。女のなつかしい油の匂いと汗のにおいとが言いも知らず時雄の胸をときめかした。夜着の襟《えり》の天鵞絨《ビロード》の際立《きわだ》って汚れているのに顔を押附けて、心のゆくばかりなつかしい女の匂いを嗅いだ。

性慾と悲哀と絶望とが忽《たちま》ち時雄の胸を襲った。時雄はその蒲団を敷き、夜着をかけ、冷めたい汚れた天鵞絨の襟に顔を埋めて泣いた。

薄暗い一室、戸外《おもて》には風が吹暴《ふきあ》れていた。

（明治四十年作）

一兵卒

渠《かれ》は歩き出した。

銃が重い、背嚢《はいのう》が重い、脚《あし》が重い、アルミニューム製の金椀《かなわん》が腰の剣に当ってカタカタと鳴る。その音が興奮した神経を夥《おびただ》しく刺戟《しげき》するので、幾度《いくたび》かそれを直して見たが、どうしても鳴る、カタカタと鳴る。もう厭《いや》になってしまった。

病気は本当に治ったのでないから、呼吸が非常に切れる。全身には悪熱悪寒《あくねつおかん》が絶えず往来する。頭脳《あたま》が火のように熱して、顳顬《こめかみ》が烈《はげ》しい脈を打つ。何故《なぜ》、病院を出た？　軍医が後が大切だと言ってあれほど留めたのに、何故病院を出た？　こう思ったが、渠《かれ》はそれを悔いはしなかった。敵の捨てて遁《に》げた汚ない洋館の板敷《いたじき》、八畳位の室《へや》に、病兵、負傷兵が十五人、衰頽《おとろえ》と不潔と叫喚《うめき》と重苦しい空気と、それに凄《すさま》じい蠅《はえ》の群集、よく二十日も辛抱していた。麦飯の粥《かゆ》に少しばかりの食塩、よくあれで飢餓《うえ》を凌《しの》いだ。かれは病院の背後《うしろ》の便所を思出《おもいだ》してゾットした。急造《きゅうごしらえ》の穴の掘りようが浅いので、臭気が鼻と眼とを烈しく撲《う》つ。蠅がワンと飛ぶ。石灰《いしばい》の灰色に汚れたのが胸をむかむかさせる。

あれよりは……あそこにいるよりは、この闊々《ひろびろ》とした野の方が好い。どれほど好いかしれぬ。満洲の野は荒漠《こうばく》として何もない。畑にはもう熟し懸けた高粱《こうりょう》が連《つらな》っているばかりだ。けれど新鮮な空気がある、日の光がある、雲がある、山がある、——凄じい声が急に耳に入ったので、立留って彼はそっちを見た。さっきの汽車がまだあそこにいる。釜のない煙筒《えんとつ》のない長い汽車を、支那苦力《クリー》が幾百人となく寄ってたかって、丁度蟻《ちょうどあり》が大きな獲物《えもの》を運んで行くように、えっさらおっさら押して行く。

夕日が画《え》のように斜《ななめ》に射し渡った。

先程《さっき》の下士があそこに乗っている。あの一段高い米の叺《かます》の積荷の上に突立《つった》っているのが彼奴《きゃつ》だ。苦しくってとても歩けんから、*鞍山站《あんざんてん》まで乗せて行ってくれと頼んだ。すると彼奴め、兵を乗せる車ではない。歩兵が車に乗るという法があるかと呶鳴《どな》った。病気だ、御覧の通りの病気で、脚気《かっけ》をわずらっている。鞍山站の先まで行けば隊がいるに相違ない。武士は相見互《あいみたがい》ということがある、どうか乗せてくれッて、達《た》って頼んでも、言うことを聞いてくれなかった。兵、兵といって、筋《すじ》が少いと馬鹿にしやがる。金州でも、得利寺《とくりじ》でも兵のお蔭で戦争に勝ったのだ。馬鹿奴《ばかめ》、悪魔奴!

蟻だ、蟻だ、本当に蟻だ。まだあそこにいやがる。汽車もああなってはおしまいだ。ふと汽車——豊橋《とよはし》を発《た》って来た時の汽車が眼の前を通り過ぎる。停車場は国旗で埋められている。万歳の声が長く長く続く。と忽然《こつぜん》最愛の妻の顔が眼に浮ぶ。それは門出の時の泣顔ではなく、どうした場合であったか忘れたが心から可愛《かあい》いと思った時の美しい笑顔だ。母親がお前もうお起きよ、学校が遅くなるよと揺起《ゆりおこ》す。彼の頭はいつか子供の時代に飛帰っている。裏の入江の船の船頭が禿頭《はげあたま》を夕日にてかてかと光らせながら子供の一群に向って呶鳴っている。その子供の群の中に彼もいた。

過去の面影《おもかげ》と現在の苦痛不安とが、はっきりと区劃《くかく》を立てておりながら、しかもそれがすれすれに摺寄《すりよ》った。銃が重い、背嚢《はいのう》が重い、脚《あし》が重い。腰から下は他人のようで、自分で歩いているのかいないのか、それすらはっきりとは解《わか》らぬ。

褐色の道路――砲車の轍《わだち》や靴の跡や草鞋《わらじ》の跡が深く印したままに石のように乾いて固くなった路《みち》が前に長く通じている。こういう満洲の道路にはかれは殆《ほとん》ど愛想《あいそ》をつかしてしまった。何処《どこ》まで行ったらこの路はなくなるのか。何処まで行ったらこんな路は歩かなくってもよくなるのか。故郷《ふるさと》のいさご路《みち》、雨上りの湿った海岸の砂路《いさごみち》、あの滑《なめら》かな心地《ここち》の好い路が懐かしい。広い大きな道ではあるが、一《ひとつ》として滑かな平《たいら》かな処《ところ》がない。これが雨が一日降ると、壁土のように柔かくなって、靴どころか、長い脛《すね》もその半《なかば》を没してしまうのだ。大石橋《だいせっきょう》の戦争の前の晩、暗い闇の泥濘《でいねい》を三里もこね廻した。背の上から頭の髪まではねが上った。あの時は砲車の援護が任務だった。砲車が泥濘の中に陥って少しも動かぬのを押して押して押し通した。第三聯隊《れんたい》の砲車が先に出て陣地を占領してしまわなければ明日《あした》の戦《たたかい》は出来なかったのだ。そして終夜働いて、翌日はあの戦争。敵の砲弾、味方の砲弾がぐんぐんと厭《いや》な音を立てて頭の上を鳴って通った。九十度近い暑い日が脳天からじりじり照り附けた。四時過《すぎ》に、敵味方の歩兵はともに接近した。小銃の音が豆を煎《い》るように聞える。時々シュッシュッと耳の傍《そば》を掠《かす》めて行く。列の中であっと言ったものがある。はッと思って見ると、血がだらだらと暑い夕日に彩《いろど》られて、その兵士はガックリ前に踣《のめ》った。胸に弾丸《たま》が中《あた》ったのだ。その兵士は善《よ》い男だった。快活で、洒脱《しゃだつ》で、何事にも気が置けなかった。新城町《しんしろまち》のもので、若い嬶《かかア》があったはずだ。上陸当座は一緒によく徴発《ちょうはつ》に行ったっけ。豚を逐《お》い廻したッけ。けれどあの男は最早《もはや》この世の中にいないのだ。いないとはどうしても思えん。思えんがいないのだ。

　褐色の道路を、糧餉《りょうしょう》を満載した車がぞろぞろ行く。騾車《らしゃ》、驢車《ろしゃ》、支那人の爺《じじ》のウオウオウイウイが聞える。長い鞭《むち》が夕日に光って、一種の音を空気に伝える。路の凸凹《でこぼこ》が烈《はげ》しいので、車は波を打つようにしてガタガタ動いて行く。苦しい、呼吸《いき》が苦しい。こう苦しくっては為方《しかた》がない。頼んで乗せてもらおうと思ってかれは駆出《かけだ》した。

金椀がカタカタ鳴る。烈しく鳴る。背嚢の中の雑品や弾丸袋の弾丸が気《け》たたましく躍《おど》り上る。銃の台が時々脛《すね》を打って飛び上るほど痛い。

「オーイ、オーイ。」

声が立たない。

「オーイ、オーイ。」

全身の力を絞《しぼ》って呼んだ。聞えたに相違ないが振向いても見ない。どうせ碌《ろく》なことではないと知っているのだろう。一時思止《おもいとど》まったが、また駆出した。そして今度はその最後の一輌に漸《ようや》く追着《おいつ》いた。

米の叺《かます》が山のように積んである。支那人の爺が振向いた。丸顔の厭な顔だ。有無《うむ》をいわせずその車に飛乗《とびの》った。そして叺と叺との間に身を横《よこた》えた。支那人は為方《しかた》がないという風でウオーウオーと馬を進めた。ガタガタと車は行く。

頭脳《あたま》がぐらぐらして天地が廻転するようだ。胸が苦しい。頭が痛い。脚の腓《ふくらはぎ》の処が押附けられるようで、不愉快で不愉快で為方がない。ややともすると胸がむかつきそうになる。不安の念が凄じい力で全身を襲った。と同時に、恐ろしい動揺がまた始まって、耳からも頭からも、種々の声が囁《ささや》いて来る。この前にもこうした不安はあったが、これほどではなかった。天にも地にも身の置き処がないような気がする。野から村に入ったらしい。鬱蒼《こんもり》とした楊《やなぎ》の緑がかれの上に靡《なび》いた。楊樹《やなぎ》にさし入った夕日の光が細《こまか》な葉を一葉一葉明らかに見せている。不恰好《ぶかっこう》な低い屋根が地震でもあるかのように動揺しながら過ぎて行く。ふと気がつくと、車は止っていた。かれは首を挙《あ》げて見た。

楊樹の蔭をなしている処《ところ》だ。車輛《くるま》が五台ほど続いているのを見た。

突然肩を捉《おさ》えるものがある。

日本人だ、わが同胞だ、下士だ。

「貴様《きさま》は何だ?」

かれは苦しい身を起した。

「どうしてこの車に乗った?」

理由を説明するのが辛《つら》かった。いや口を利《き》くのも厭《いや》なのだ。

「この車に乗っちゃいかん。そうでなくってさえ、荷が重過ぎるんだ。お前は十八聯隊だナ。豊橋だナ。」

点頭《うなず》いて見せる。

「どうかしたのか。」

「病気で、昨日まで大石橋《だいせっきょう》の病院にいたものですから。」

「病気がもう治ったのか。」

無意味に点頭《うなず》いた。

「病気で辛いだろうが、下りてくれ。急いで行かんけりゃならんのだから。遼陽《りょうよう》が始《はじま》ったでナ。」

「遼陽！」

この一語はかれの神経を十分に刺戟した。

「もう始ったですか。」

「聞えんかあの砲が……」

先ほどから、天末に一種の轟声《とどろき》が始ったそうなとは思ったが、まだ遼陽ではないと思っていた。

「鞍山站《あんざんてん》は落ちたですか。」

「一昨日《おととい》落ちた。敵は遼陽の手前で一防禦《ひとふせぎ》遣るらしい。今日の六時から始ったという噂だ！」

一種の遠い微《かす》かなる轟《とどろき》、仔細《しさい》に聞けばなるほど砲声だ。例の厭な音が頭上を飛ぶのだ。歩兵隊がその間を縫って進撃するのだ。血汐《ちしお》が流れるのだ。こう思った渠《かれ》は一種の恐怖と憧憬《しょうけい》とを覚えた。戦友は戦っている。日本帝国のために血汐を流している。修羅《しゅら》の巷《ちまた》が想像される。炸弾《さくだん》の壮観も眼の前に浮ぶ。けれど七、八里を隔てたこの満洲の野は、さびしい秋風が夕日を吹いているばかり、大軍の潮《うしお》の如く過ぎ去った村の平和は平生《いつも》に異《こと》らぬ。

「今度の戦争は大きいだろう。」

「そうさ。」

「一日では勝敗《かちまけ》がつくまい。」

「無論だ。」

今の下士は夥伴《なかま》の兵士と砲声を耳にしつつ頻《しき》りに語合《かたりあ》っている。糧餉《りょうしょう》を満載した車五輛、支那苦力《クリー》の爺連《おやちゃん》も圏《わ》をなして何事をか饒舌《しゃべ》り立てている。驢馬《ろば》の長い耳に日が射して、おりおりけたたましい啼声《なきごえ》が耳を劈《つんざ》く。楊樹《やなぎ》の彼方《むこう》に白い壁の支那民家が五、六軒続いて、庭の中に槐の樹《えんじゅ き》が高く見える。井戸がある。納屋《なや》がある。足の小さい年老いた女が覚束《おぼつか》なく歩いて行く。楊樹を透して向うに、広い荒漠たる野が見える。褐色した丘陵《おか》の連続が指される。その向うには紫色《むらさき》がかった高い山が蜿蜒《えんえん》としている。砲声は其処《そこ》から来る。

五輛の車は行ってしまった。

渠《かれ》はまた一人取残された。海城から東煙台、甘泉堡《かんせんほ》、この次の兵站部《へいたんぶ》所在地は新台子《しんたいし》と言って、まだ一里位ある。其処《そこ》まで行かなければ宿るべき家もない。

行くことにして歩き出した。

疲れ切っているから難儀だが、車よりはかえって好い。胸は依然として苦しいが、どうも致《いた》し方《かた》がない。

また同じ褐色の路、同じ高粱の畑、同じ夕日の光、レールには例の汽車がまた通った。今度は下り坂で、速力が非常に早い。釜の附いた汽車よりも早い位に目まぐろしく谷を越えて駛《はし》った。最後の車輛《くるま》に翻《ひるがえ》った国旗が高粱畑の絶間絶間《たえま》に見えたり隠れたりして、遂にそれが見えなくなっても、その車輛の轟《とどろき》は聞える。その轟と交って、砲声が間断《しっきり》なしに響く。

街道には久しく村落がないが、西方には楊樹《やなぎ》のやや暗い繁茂が到る処《ところ》にかたまって、その間からちらちら白色褐色の民家が見える。人の影は四辺《あたり》を見廻してもないが、碧《あお》い細い炊煙《すいえん》は糸のように淋しく立颺《たちあが》る。

夕日は物の影を総《すべ》て長く曳《ひ》くようになった。高粱の高い影は二間幅《けん》の広い路を蔽《おお》って、更に向う側の高粱の上に蔽い重《かさな》った。路傍《みちばた》の小さな草の影も夥《おびただ》しく長く、東方の丘《おか》陵は浮出すようにはっきりと見える。さびしい悲しい夕暮は譬《たと》え難《にく》い一種の影の力を以て迫って来た。

高粱の絶えた処に来た。忽然《こつぜん》、かれはその前に驚くべき長大なる自己の影を見た。肩の銃の影は遠い野の草の上にあった。かれは急に深い悲哀に打たれた。

草叢《くさむら》には虫の声がする。故郷《ふるさと》の野で聞く虫の声とは似もつかぬ。この似つかぬことと広い野原とが何となくその胸を痛めた。一時途絶《とだ》えた追懐の情が流るるように漲《みなぎ》って来た。

母の顔、若い妻の顔、弟の顔、女の顔が走馬灯のごとく旋回する。欅《けやき》の樹《き》で囲まれた村の旧家、団欒《だんらん》せる平和な家庭、続いてその身が東京に修業に行った折の若々しさが憶《おも》い出される。神楽坂《かぐらざか》の夜の賑《にぎわ》いが眼に見える。美《うるわ》しい草花、雑誌店、新刊の書、角を曲ると賑やかな寄席《よせ》、待合《まちあい》、三味線の音、仇《あだ》めいた女の声、あの頃は楽しかった。恋した女が仲町《なかちょう》にいて、よく遊びに行った。丸顔の可愛《かわい》い娘で、今でも恋しい。この身は田舎の豪家の若旦那で、金には不自由を感じなかったから、随分面白いことをした。それにあの頃の友人は皆世に出ている。この間も蓋平《がいへい》で第六師団の大尉になって威張っている奴《やつ》に邂逅《でつくわ》した。

軍隊生活の束縛ほど残酷なものはないと突然思った。と、今日は不思議にも平生《ひごろ》のように反抗とか犠牲とかいう念は起らずに、恐怖の念が盛《さかん》に燃えた。出発の時、この身は国に捧げ、君に捧げて遺憾《いかん》がないと誓った。再びは帰って来る気はないと、村の学校で雄々《おお》しい演説をした。当時は元気旺盛、身体壮健であった。で、そう言っても勿論死ぬ気はなかった。心の底には花々しい凱旋《がいせん》を夢みていた。であるのに、今忽然《こつぜん》起ったのは死に対する不安である。自分はとても生きて還《かえ》ることは覚束《おぼつか》ないという気が烈しく胸を衝《つ》いた。この病、この脚気《かつけ》、仮令《たとえ》この病は治ったにしても戦場は大《おお》なる牢獄である。いかに藻《も》掻《が》いても焦《あせ》ってもこの大なる牢獄から脱することは出来ぬ。得利寺《とくりじ》で戦死した兵士がその以前かれに向って、

「どうせ遁《のが》れられぬ穴だ。思い切《きり》よく死ぬサ。」と言ったことを思出した。

かれは疲労と病気と恐怖とに襲われて、如何《いか》にしてこの恐しい災厄《さいやく》を遁《のが》るべきかを考

えた。脱走？　それも好い、けれど捕えられた暁《あかつき》には、この上もない汚名を被《かぶ》った上に同じく死！　さればとて前進すれば必ず戦争の巷《ちまた》の人とならなければならぬ。戦争の巷に入れば死を覚悟しなければならぬ。かれは今初めて、病院を退院したことの愚をひしと胸に思当《おもいあた》った。病院から後送《こうそう》されるようにすればよかった……と思った。

もう駄目だ、万事休す、遁れるに路《みち》がない。消極的の悲観が恐ろしい力でその胸を襲った。と、歩く勇気も何もなくなってしまった。止度《とめど》なく涙が流れた。神がこの世にいますなら、どうか救《たす》けて下さい、どうか遁路《にげみち》を教えて下さい。これからはどんな難儀もする！　どんな善事もする！　どんなことにも背《そむ》かぬ。

渠《かれ》はおいおい声を挙げて泣出した。

胸が間断《しっきり》なしに込み上げて来る。涙は小児《こども》でもあるように頬を流れる。自分の体がこの世の中になくなるということが痛切に悲しいのだ。かれの胸にはこれまで幾度《いくたび》も祖国を思うの念が燃えた。海上の甲板《かんぱん》で軍歌を歌った時には悲壮の念が全身に充《み》ち渡った。敵の軍艦が突然出て来て、一砲弾のために沈められて、海底の藻屑《もくず》となっても遺憾がないと思った。金州の戦場では、機関銃の死の叫びのただ中を地に伏しつつ、勇ましく進んだ。戦友の血に塗《まみ》れた姿に胸を撲《う》ったこともないではないが、これも国のためだ、名誉だと思った。けれど人の血の流れたのは自分の血の流れたのではない。死と相面《あいめん》しては、いかなる勇者も戦慄《せんりつ》する。

脚が重い、気怠《けだる》い、胸がむかつく。大石橋から十里、二日の路、夜露《よつゆ》、悪寒《おかん》、確かに持病の脚気《かっけ》が昂進《こうしん》したのだ。流行腸胃熱は治ったが、急性の脚気が襲って来たのだ。脚気衝心《しょうしん》の恐しいことを自覚してかれは戦慄した。どうしても免れることが出来ぬのかと思った。と、いても立ってもいられなくなって、体がしびれて脚がすくんだ――おいおい泣きながら歩く。

野は平和である。赤い大きい日は地平線上に落ちんとして、空は半《なか》ば金色《こんじき》半ば暗碧《あんぺき》色《しょく》になっている。金色の鳥の翼のような雲が一片動いて行く。高粱の影は影と蔽《おお》い重《かさな》って、荒涼たる野には秋風が渡った。遼陽方面の砲声も今まで盛《さかん》に聞えていたが、いつか全く途絶《とだ》えてしまった。

二人連《づれ》の上等兵が追い越した。

すれ違って、五、六間《けん》先に出たが、ひとりが戻って来た。

「おい、君、どうした?」

かれは気が附いた。声を挙げて泣いて歩いていたのが気恥かしかった。

「おい、君?」

再び声は懸った。

「脚気なもんですから。」

「脚気?」

「はア。」

「それは困るだろう。よほど悪いのか。」

「苦しいのです。」

「それア困ったナ、脚気では衝心でもすると大変だ。何処《どこ》まで行くんだ。」

「隊が鞍山站《あんざんてん》の向うにいるだろうと思うんです。」

「だって、今日其処《そこ》まで行けはせん。」

「はア。」

「まア、新台子まで行くさ。其処に兵站部《へいたんぶ》があるから行って医師《いしゃ》に見てもらうさ。」

「まだ遠いですか?」

「もうすぐ其処だ。それ向うに丘が見えるだろう。丘の手前に鉄道線路があるだろう。其処に国旗が立っている、あれが新台子の兵站部だ。」

「其処に医師がいるでしょうか。」

「軍医が一人いる。」

蘇生《そせい》したような気がする。

で、二人に跟《つ》いて歩いた。二人は気の毒がって、銃と背嚢《はいのう》とを持ってくれた。二人は前に立って話しながら行く。遼陽の今日の戦争の話である。

「様子は解らんかナ。」

「まだ遣《や》ってるんだろう。煙台で聞いたが、敵は遼陽の一里手前で一支《ひとささ》えしているそうだ。何《な》んでも首山堡《しゅさんぽ》とか言った。」

「後備《こうび》が沢山行くナ。」

「兵が足りんのだ。敵の防禦陣地はすばらしいものだそうだ。」

「大きな戦争になりそうだナ。」

「一日砲声がしたからナ。」

「勝てるかしらん。」

「負けちゃ大変だ。」

「第一軍も出たんだろうナ。」

「勿論さ。」

「一つ旨《うま》く背後を断って遣《や》りたい。」

「今度はきっと旨く遣るよ。」

と言って耳を傾けた。砲声がまた盛んに聞え出した。

新台子の兵站部は今雑沓《ざっとう》を極めていた。後備旅団の一箇聯隊が着いたので、レイル上の、家屋の蔭、糧餉《りょうしょう》の傍《そば》などに軍帽と銃剣とが充ち満ちていた。レイルを挟んで敵の鉄道援護の営舎が五棟ほど立っているが、国旗の翻った兵站本部は、雑沓を重ねて、兵士が黒山のように集《あつま》って、長い剣を下げた士官が幾人となく出たり入ったりしている。兵站部の三箇の大釜には火が盛《さかん》に燃えて、烟《けむり》が薄暮の空に濃く靡《なび》いていた。一箇の釜は飯が既に炊《た》けたので、炊事軍曹が大きな声を挙げて、部下を叱咤《しった》して、集る兵士に頻《しき》りに飯の分配を遣っている。けれどこの三箇の釜は到底この多数の兵士に夕飯《ゆうめし》を分配することが出来ぬので、その大部分は白米を飯盒《はんごう》に貰って、各自に飯を作るべく野に散った。やがて野の処々に高粱の火がいくつとなく燃《も》やされた。

家屋のかなたでは、徹夜して戦場に送るべき弾薬弾丸の箱を汽車の貨車に積込んでいる。兵士、輸卒の群が一生懸命に奔走しているさまが薄暮の微《かす》かな光に絶え絶えに見える。一人の下士が貨車の荷物の上に高く立って、頻《しき》りにその指揮をしていた。

日が暮れても戦争は止《や》まぬ。鞍山站の馬鞍のような山が暗くなって、その向うから砲声が断続する。

渠《かれ》は此処《ここ》に来て軍医をもとめた。けれど軍医どころの騒ぎではなかった。一兵卒が死のうが生きようがそんなことを問う場合ではなかった。渠は二人の兵士の尽力の下に、纔《わず》かに一盒《ごう》の飯を得たばかりであった。為方《しかた》がない、少し待て。この聯隊の兵が前進してしまったら、軍医をさがして、伴《つ》れて行って遣るから、先ず落着いておれ。此処から真直《まっすぐ》に三、四町行くと一棟の洋館がある。その洋館の入口には、酒保《しゅほ》が今朝から店を開いているからすぐ解る。その奥に入って、寝ておれとのことだ。

渠はもう歩く勇気はなかった。銃と背嚢とを二人から受取ったが、それを背負うと危く倒れそうになった。眼がぐらぐらする。胸がむかつく。脚が気怠《けだる》い。頭脳《あたま》は烈しく旋回する。

けれど此処に倒れるわけには行かない。死ぬにも隠家《かくれが》を求めなければならぬ。そうだ、隠家……。どんな処でも好い。静かな処に入って寝たい、休息したい。

闇の路が長く続く。ところどころに兵士が群をなしている。ふと豊橋の兵営を憶《おも》い出した。酒保に行って隠れてよく酒を飲んだ。酒を飲んで、軍曹をなぐって、重営倉に処せられたことがあった。路がいかにも遠い。行っても行っても洋館らしいものが見えぬ。三、四町と言った。三、四町どころか、もう十町も来た。間違ったのかと思って振返る——兵站部は灯火《ともしび》の光、篝火《かがりび》の光、闇の中を行違う兵士の黒い群、弾薬箱を運ぶ懸声《かけごえ》が夜の空気を劈《つんざ》いて響く。

此処らはもう静かだ。四辺《あたり》に人の影も見えない。俄《にわ》かに苦しく胸が迫って来た。隠家がなければ、此処で死ぬのだと思って、がっくり倒れた。けれども不思議にも前のように悲しくもない、思い出もない。空の星の閃《ひらめ》きが眼に入った。首を挙げてそれとなく四辺を眴《みまわ》した。

今まで見えなかった一棟の洋館がすぐその前にあるのに驚いた。家の中には灯火が見える。丸い赤い提灯《ちょうちん》が見える。人の声が耳に入る。

銃を力に辛うじて立上った。

なるほど、その家屋《いえ》の入口に酒保らしいものがある。暗いからわからぬが、何か釜らしいものが戸外の一隅《いちぐう》にあって、薪《まき》の余燼《もえさし》が赤く見えた。薄い煙が提灯を掠《かす》めて淡く靡《なび》いている。提灯に、しるこ一杯五銭と書いてあるのが、胸が苦しくって苦しくって為方《しかた》がないにもかかわらずはっきりと眼に映じた。

「しるこはもうお終《しま》いか。」

と言ったのは、その前に立っている一人の兵士であった。

「もうお終いです。」

という声が戸内《うち》から聞える。

戸内を覗《のぞ》くと明かなる光、西洋蠟燭《ろうそく》が二本裸で点《とも》っていて、罎詰《びんづめ》や小間物《こまもの》などの山のように積まれてある中央《まんなか》の一段高い処に、肥った、口髭《くちひげ》の濃い、莞爾《にこにこ》した三十男が坐っていた。店では一人の兵士がタオルを展《ひろ》げて見ていた。

傍《そば》を見ると、暗いながら、低い石階《きざはし》が眼に入った。此処だなとかれは思った。とにかく休息することが出来ると思うと、言うに言われぬ満足を先ず心に感じた。静かにぬき足してその石階を登った。中は暗い。よく判らぬが廊下になっているらしい。最初の戸と覚《おぼ》しき処を押して見たが開かない。二歩三歩進んで次の戸を押したがやはり開かない。左の戸を押しても駄目だ。

なお奥へ進む。

廊下は突当ってしまった。右にも左にも道がない。困って右を押すと、突然、闇が破れて扉《と》が明いた。室内が見えるというほどではないが、そことなく星明りがして、前に硝子《ガラス》窓があるのが解る。

銃を置き、背嚢《はいのう》を下《おろ》し、いきなりかれは横に倒れた。そして重苦しい呼吸《いき》をついた。まアこれで安息所を得たと思った。

満足とともに新しい不安が頭を擡《もた》げて来た。倦怠《けんたい》、疲労、絶望に近い感情が鉛のごとく重苦しく全身を圧した。思い出が皆《み》な片々《きれぎれ》で、電光のように早いかと思うと牛の喘歩《あえぎ》のように遅い。間断《しっきり》なしに胸が騒ぐ。

重い、気怠《けだる》い脚が一種の圧迫を受けて疼痛《とうつう》を感じて来たのは、かれ自らにも好く解った。腓《ふくらはぎ》のところどころがずきずきと痛む。普通の疼痛《いたみ》ではなく、丁度こむらが反《かえ》った時のようである。

自然と体を藻掻《もが》かずにはいられなくなった。綿のように疲れ果てた身でも、この圧迫には敵《かな》わない。

無意識に輾転《てんてん》反側した。

故郷のことを思わぬではない、母や妻のことを悲《かなし》まぬではない。この身がこうして死ななければならぬかと嘆かぬではない。けれど悲嘆や、追憶や、空想や、そんなものはどうでも好い。疼痛、疼痛、その絶大な力と戦わねばならぬ。

潮《うしお》のように押寄せる。暴風《あらし》のように荒れわたる。脚を固い板の上に立てて倒して、体を右に左に踠《もが》いた。「苦しい……」と思わず知らず叫んだ。

けれど実際はまたそう苦しいとは感じていなかった。苦しいには違いないが、更に大なる苦痛に耐えなければならぬと思う努力が少くともその苦痛を軽くした。一種の力は波のように全身に漲《みなぎ》った。

死ぬのは悲しいという念よりもこの苦痛に打克《うちか》とうという念の方が強烈であった。一方には極めて消極的な涙脆《なみだもろ》い意気地《いくじ》ない絶望が漲るとともに、一方には人間の生存に対する権利というような積極的な力が強く横《よこた》わった。

疼痛は波のように押寄せては引き、引いては押寄せる。押寄せる度《たび》に脣《くちびる》を噛み、歯をくいしばり、脚を両手でつかんだ。

五官の他にある別種の官能の力が加わったかと思った。暗かった室《へや》がそれとはっきり見える。暗色の壁に添うて高い卓《テーブル》が置いてある。上に白いのは確かに紙だ。硝子《ガラス》窓の半分が破れていて、星がきらきらと大空にきらめいているのが認められた。右の一隅《いちぐう》には、何かごたごた置かれてあった。

時間の経って行くのなどはもうかれには解らなくなった。軍医が来てくれれば好いと思ったが、それを続けて考える暇はなかった。新しい苦痛が増した。

床近く蟋蟀《こおろぎ》が鳴いていた。苦痛に悶《もだ》えながら、「あ、蟋蟀が鳴いている……」とかれは思った。その哀切な虫の調《しらべ》が何だか全身に沁《し》み入るように覚えた。

疼痛、疼痛、かれは更に輾転《てんてん》反側した。

「苦しい！　苦しい！　苦しい！」

続けざまにけたたましく叫んだ。

「苦しい、誰か……誰かおらんか。」

と暫《しばら》くしてまた叫んだ。

強烈なる生存の力ももうよほど衰えてしまった。意識的に救助《たすけ》を求めると言うよりは、今は殆《ほとん》ど夢中である。自然力に襲われた木の葉のそよぎ、浪の叫び、人間の悲鳴！

「苦しい！　苦しい！」

その声がしんとした室に凄《すさま》じく漂い渡る。この室には一月前まで露国の鉄道援護の士官が起臥《きが》していた。日本兵が始めて入った時、壁には黒く煤《すす》けた基督《キリスト》の像が懸けてあった。昨年の冬は、満洲の野に降頻《ふりしき》る風雪をこの硝子窓から眺めて、その士官はウオッカを飲んだ。毛皮の防寒服を着て、戸外に兵士が立っていた。日本兵のなすに足らざるを言って、虹《にじ》のごとき気焔《きえん》を吐いた。その室に、今、垂死《すいし》の兵士の叫喚《うめき》が響き渡る。

「苦しい、苦しい、苦しい!」

寂《せき》としている。蟋蟀《こおろぎ》は同じやさしいさびしい調子で鳴いている。満洲の広漠《こうばく》たる野には、遅い月が昇ったと見えて、四辺《あたり》が明るくなって、硝子窓の外は既にその光を受けていた。

叫喚、悲鳴、絶望、渠《かれ》は室の中をのたうち廻った。軍服の釦鈕《ボタン》は外《はず》れ、胸の辺《あたり》は掻《か》きむしられ、軍帽は頷紐《あごひも》をかけたまま押潰され、顔から頬に懸けては、嘔吐《おうと》した汚物が一面に附着した。

突然明らかな光線が室に射したと思うと、扉《とびら》の処に、西洋蠟燭を持った一人の男の姿が浮彫のように顕《あら》われた。その顔だ。肥った口髭のある酒保の顔だ。けれどその顔には莞爾《にこにこ》した先ほどの愛嬌はなく、真面目な蒼《あお》い暗い色が上っていた。黙って室の中へ入って来たが、其処《そこ》に唸《うな》って転がっている病兵を蠟燭で照らした。病兵の顔は蒼褪《あおざ》めて、死人のように見えた。嘔吐した汚物が其処に散らばっていた。

「どうした？　病気か？」

「ああ苦しい、苦しい……」

と烈《はげ》しく叫んで輾転《てんてん》した。

酒保の男は手を附けかねてしばし立って見ていたが、そのまま、蠟燭の蠟を垂《た》らして、卓《テーブル》の上にそれを立てて、そそくさと扉の外へ出て行った。蠟燭の光で室は昼のように明るくなった。隅に置いた自分の背嚢《はいのう》と銃とがかれの眼に入った。

蠟燭の火がちらちらする。蠟が涙のようにだらだら流れる。

暫《しばら》くして先の酒保の男は一人の兵士を伴《ともな》って入って来た。この向うの家屋《いえ》に寝ていた行軍中の兵士を起して来たのだ。兵士は病兵の顔と四方《あたり》のさまとを見廻したが、今度は肩章を仔細に検した。

二人の対話が明かに病兵の耳に入る。

「十八聯隊の兵だナ。」

「そうですか。」

「いつから此処《ここ》に来てるんだ？」

「少しも知らんかったです。いつから来たんですか。私は十時頃ぐっすり寝込んだんですが、ふと目を覚ますと、唸声《うなりごえ》がする、苦しい苦しいという声がする。どうしたんだろう、奥には誰もいぬはずだがと思って、不審にして暫く聞いていたです。すると、その叫声《さけびごえ》はいよいよ高くなりますし、誰か来てくれ！と言う声が聞えますから、来て見たんです。脚気《かつけ》ですナ、脚気衝心《しょうしん》ですナ。」

「衝心？」

「とても助からんですナ。」

「それア、気の毒だ。兵站部に軍医がいるだろう？」

「いますがナ……こんな遅く、来てくれやしませんよ。」

「何時だ。」

自ら時計を出して見て、「道理《もっとも》だ」という顔をして、そのまま隠袋《ポッケット》に収めた。

「何時です？」

「二時十五分。」

二人は黙って立っている。

苦痛がまた押寄せて来た。唸声、叫声が堪え難い悲鳴に続く。

「気の毒だナ。」

「本当に可哀そうです。何処《どこ》の者でしょう。」

兵士がかれの隠袋を探った。軍隊手帖を引出すのが解る。かれの眼にはその兵士の黒く逞《たくま》しい顔と軍隊手帖を読むために卓上の蠟燭に近く歩み寄ったさまが映った。三河国渥美郡《あつみごおり》福江村加藤平作……と読む声が続いて聞えた。故郷《ふるさと》のさまが今一度その眼前に浮ぶ。母の顔、妻の顔、欅《けやき》で囲んだ大きな家屋《いえ》、裏から続いた滑《なめら》かな磯、碧《あお》い海、馴染《なじみ》の漁夫の顔……。

二人は黙って立っている。その顔は蒼く暗い。おりおりその身に対する同情の言葉が交される。彼は既に死を明かに自覚していた。けれどそれが別段苦しくも悲しくも感じない。二人の問題にしているのはかれ自身のことではなくて、他に物体があるように思われる。ただ、この苦痛、堪え難いこの苦痛から脱《のが》れたいと思った。

蠟燭がちらちらする。蟋蟀が同じくさびしく鳴いている。

黎明《あけがた》に兵站部の軍医が来た。けれどその一時間前に、渠《かれ》は既に死んでいた。一番の汽車が開路開路の懸声《かけごえ》とともに、鞍山站に向って発車した頃は、その残月が薄く白けて、淋しく空に懸っていた。

暫くして砲声が盛《さかん》に聞え出した。九月一日の遼陽攻撃は始まった。

（明治四十年作）

注

六頁　切支丹坂から極楽水に出る　現在の小石川四丁目の交差点から西へ、小日向台地との間の低地に下ってゆく坂を、当時は切支丹坂と呼んだ。庚申坂とも。極楽水は、同交差点から逆に東へだらだら下る坂(吹上坂)の途中左側の宗慶寺境内にあった湧水。また、その一帯の呼称でもあったか。当時花袋は、その坂を下りきった久堅町一〇八番地にあった博文館印刷所(現在の共同印刷)に通い、地理書の編纂をしていた。

　橋本左五郎とは、明治十七年の頃、小石川の極楽水《ごくらくみず》の傍《そば》で御寺の二階を借りて一所に自炊をしてゐた事がある。(中略)余は此処《ここ》で橋本と一所に予備門へ這入《はい》る準備をした。(夏目漱石「満韓ところどころ」)

九　『寂しき人々』　Einsame Menschen. ドイツの劇作家ゲルハルト・ハウプトマン(一八六二—一九四六)の戯曲。一八九一年の作品。

一〇　「ファースト」　若い人妻ヴェーラとの恋を描いた、ツルゲーネフの自伝的告白的作品「ファウスト」(一八五六年)。作中、主人公はヴェーラにゲーテの『ファウスト』を読み聞かせる。

一二　備中の新見町　現在の岡山県新見市。

一七　**土手三番町**　現在の千代田区五番町。

一七　**甲武の電車**　私鉄甲武鉄道。当時、飯田町―八王子間を結んだ。現在のＪＲ中央線。

一九　**ズウデルマンのマグダ**　ドイツの作家・劇作家ズーダーマン(一八五七―一九二八)の戯曲『故郷』の主人公。また、これに続く「イプセンのノラ」はノルウェーの劇作家イプセン(一八二八―一九〇六)の戯曲『人形の家』の、「ツルゲーネフのエレネ」はツルゲーネフ(一八一八―八三)の小説『その前夜』の、それぞれ主人公。

二五　**いわゆる Superfluous man**　いわゆる「余計者」。ツルゲーネフの『ルージン』は、博学な知識人だが現実を直視し適応する能力を欠き、無為に死んでゆく主人公――当時のロシア知識人の一典型を描いた。

三五　**中根坂を上って……**　主人公は、牛込矢来町(新宿区矢来町)の自宅から、中根坂を通って、「士官学校」(陸軍士官学校。現在の陸上自衛隊市ケ谷駐屯地)の裏から、左内坂を下り、市ケ谷八幡を経て、土手三番町の「芳子」の寄宿している家を訪ねてゆく。

三八　**ロハ台**　ベンチ。漢字の「只」を分解してロハ。無料の意。

四一　**角袖巡査**　制服ではなく私服(和服)を着た警官。

四二　**鴨脚**　銀杏脚。台の脚の下部が銀杏の葉の形に広がっているもの。

四六　**酒井の墓塋**　矢来町は広大な若狭小浜藩酒井家の下屋敷があった所で、当時まだ累代の墓所があった。

五〇 **「オン、ゼ、イブ」** On the Eve. ツルゲーネフの『その前夜』の英訳題。

六三 **『死よりも強し』** Fort comme la mort. 老画家ベルタンの第二の恋を描いた一八八九年の作品。『死の如く強し』。

六九 **上武の境** 上州(群馬県)と武蔵(埼玉県)の境。

七七 **佐野と御殿場** 佐野駅と御殿場駅の間。当時の東海道線は、現在の御殿場線経由。佐野は現在の裾野。

九一 **「父」** Le Père. 単調で憂鬱な生活を送る官吏と、毎朝通勤馬車で乗り合わせる若い娘が主人公。

九六 **雪舟……茶山** 雪舟(一四二〇―一五〇六)は室町後期の画僧。円山応挙(一七三三―九五)は江戸中期の画家。円山派の祖。菊池容斎(一七八八―一八七八)は幕末―明治初期の画家。歴史画を得意とした。頼山陽(一七八〇―一八三二)は江戸後期の儒学者。田能村竹田(一七七七―一八三五)は江戸後期の文人画家。貫名海屋(一七七八―一八六三)は江戸後期の書家。幕末三筆の一。菅茶山(一七四八―一八二七)は江戸後期の漢詩人。頼山陽の師。

九九 **二百三高地巻** 日露戦争での二〇三高地攻略以後広く流行した、前髪を高くした女性の髪型。

一〇七 **鞍山** 中国東北部。以下この作品に出てくる大石橋、得利寺、金州などの日露戦争の戦場は、花袋自身が第二軍私設写真班として従軍して体験したところ。一九〇四年九月の遼陽の激戦の際は、花袋は、第二軍軍医部(軍医部長は森鷗外)で病床にあった。

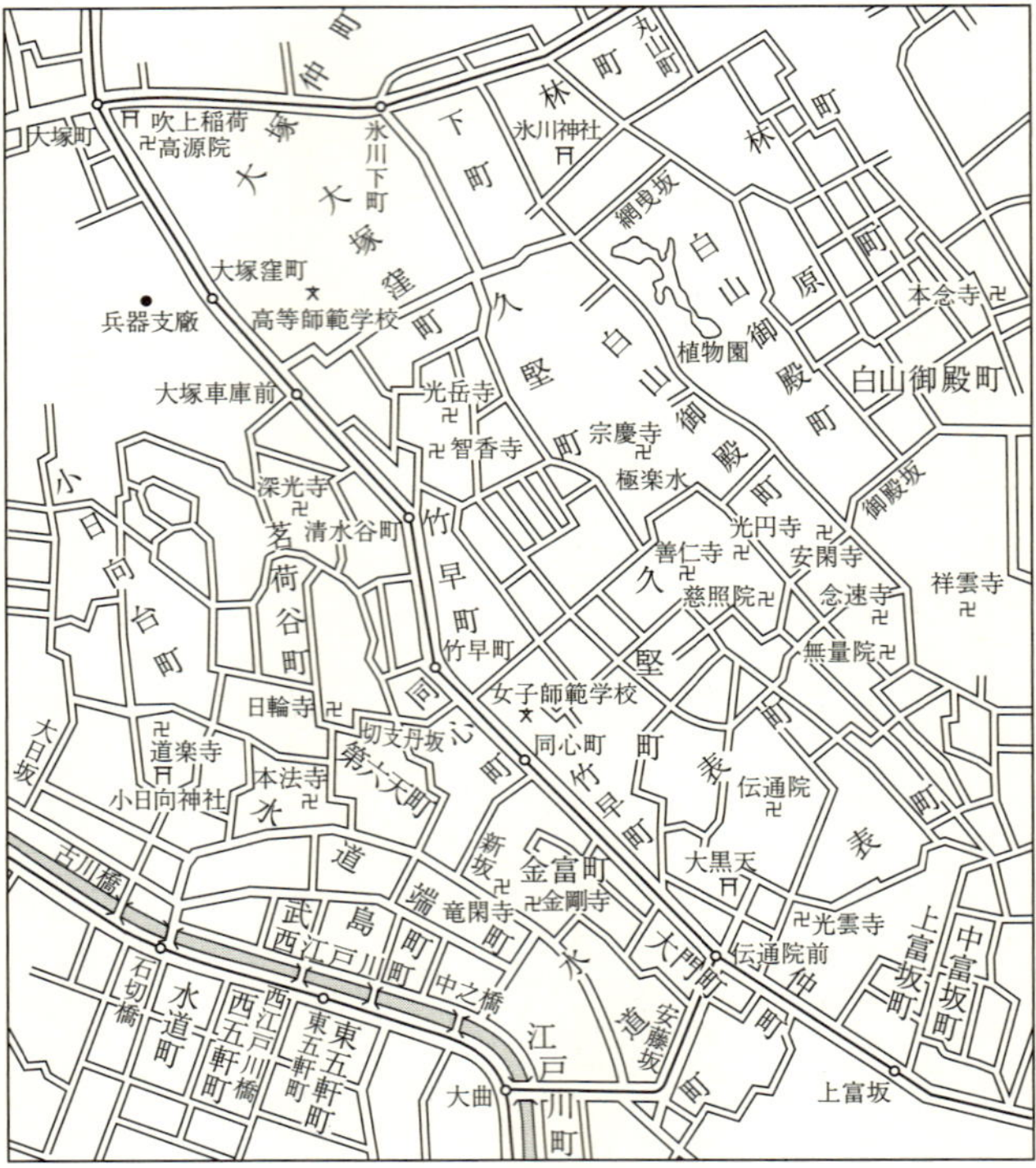

丸山町
林町
仲町
大塚町
吹上稲荷
高源院
大塚
氷川下町
下町
氷川神社
林町
網曳坂
白山
原町
本念寺
大塚窪町
高等師範学校
兵器支廠
植物園
白山御殿町
大塚車庫前
久堅
光岳寺
智香寺
宗慶寺
極楽水
白山御殿町
御殿坂
深光寺
清水谷町
茗荷谷町
小日向台町
竹早町
光円寺
安閑寺
善仁寺
慈照院
念速寺
祥雲寺
無量院
久堅町
女子師範学校
日輪寺
切支丹坂
道楽寺
大日坂
同心町
第六天町
本法寺
小日向神社
竹早町
表町
伝通院
新坂
金富町
大黒天
水道端
竜閑寺
金剛寺
古川橋
武島町
西江戸川町
光雲寺
上富坂町
中富坂町
伝通院前
大門町
仲町
石切橋
水道町
西五軒町
西江戸川橋
東五軒町
中之橋
安藤坂
江戸川町
大曲
上富坂

解　題

「蒲団」は明治四十年九月号の雑誌『新小説』に載った。これを書いた時の事情は、作者自身がその著『東京の三十年』の中に書いているから、次に少しく引いて見る。

「それは戦争から帰って来た翌々年、戦争のすっかりおわった翌年であった。償金は取れなかったが、社会は戦勝の影響で、すべて生き生きとして活気を帯びていた。文壇も、もう島崎君の『破戒』が出て、非常に喝采《かつさい》を博し、国木田《くにきだ》君の『独歩集』もようやく世に認められて、再版三版の好況を呈した。「ようやくわれわれの時代になって来そうだぞ。」こう国木田君は笑いながら言った。

私は一人取り残されたような気がした。戦争には行って来たが、作としてはまだ何もしていない。小諸《こもろ》から出て来て、大久保の郊外で、トタン屋根の熱い下で、祖《はだぬぎ》で島崎君が努力した形などを見て知っているので、ことに堪《たま》らない。何か書かなくちゃならない。こう思って絶えず路《みち》を歩いていても、何も書けない。私は半《なか》ば失望し、半ば焦燥《しょうそう》した。

ところへ『新小説』から頼みに来た。

「書いて見ましょう。」

私は息込んで言った。

私は今度こそ全力をあげなければならないと思った。社へ往復の途中、新たに開けた郊外の泥濘《どろ》深《ぶか》い路を、長靴か何かで、いかに深く製作のことについて頭を悩ましたであろう。あれでもないこれでもない。こういうふうに考えて打ち消し、打ち消しては考えた。

ちょうどそのころ私の頭と体とを深く動かしていたのは、ゲルハルト・ハウプトマンの"Einsame Menschen"であった。フォケラートの孤独は私の孤独のような気がしていた。それに、家庭に対しても、事業に対しても、今までの型を破壊して、何か新しい路を開かなければならなかった。幸いにして私は外国——ことに欧州の新思潮を、歪《ゆが》みなりにも多い読書から得て来ていた。トルストイ、イブセン、ストリンドベルヒ、ニーチェ、そういう人たちの思想にも、世紀末の苦艱《くかん》の形が、名残なくあらわれているような気がした。私も苦しい道を歩きたいと思った。世間に対して戦うとともに自己に対しても勇敢に戦おうと思った。かくして置いたもの、壅《よう》蔽《へい》して置いたもの、それと打ち明けては自己の精神も破壊されるかと思われるようなもの、そういうものをも開いて出して見ようと思った。

私は二、三年前――日露戦争の始まる年の春から悩まされていた私のアンナ・マールを書こうと決心した。」

が、これを書けば、その恋をすっかり破って捨てることを覚悟しなければならないというのであるから、作者の決心はすこぶる悲壮であったにちがいない。

脱稿した時には、「何だか手答えがあったような気がした」と作者は書いているが、「別にそれほど評判を惹《ひ》き起こそうなどとも思わなかった」とも書いている。もちろん、これが本音であったろう。むしろ作者は、その時、故郷の山の中に帰っていたアンナ・マールがこれを読んだら、とその方を深く気にしていたくらいであった。

ところが九月の『新小説』が出ると、大へんな世間の評判であった。自然主義の主張の血と肉だ、人間のドキューメントの全文だ、エポックメーキングの名作だと、そこでもここでも論議され、礼賛された。これまで長く醞醸《うんじょう》されて来ていた自然主義の真個の代表的作品が初めてここに現われたものとして異常な衝動を読書界に与えたのである。

もちろん、これまでにも、作家が自己の体験を書いたものは世間にいくらもあったのであるが、これほどまでに赤裸々《せきらら》な自分をそこに投げ出したものはなかったのである。すっぱだかな自分を自分で俎上《そじょう》にのぼせたものはなかったのである。自分の悲しい、秘密な恋を犠牲にまでして、芸術を選んだ悲壮な覚悟をその作品に盛ったものはなかったのである。とはいえ、世間に起こった声はもとより賛美の声ばかりではなかった。妻子があり、家庭があり、地位があり、知識も分別も十分にある中年の男の恋を描いて、これまで秘し隠しにするのを常識としていた人間の性欲生活を赤裸々に暴露して見せるというようなことは、小説をもって人情の美を描くものとのみ考えていた人々の好尚《こうしょう》にそのまま迎えられるはずがなかった。これを非難し、嘲笑《ちょうしょう》し、呪詛《じゅそ》するものもまた文壇はもちろん、一般社会にも現われて来た。かくして新興文学に対する身方《みかた》と敵とはこの一編を中にしてかっきりとその陣地を分かったのである。この作がエポックメーキングといわれる所以《ゆえん》も一つはそこにある。少なくとも、真のイッヒ・ローマンの濫觴《らんしょう》であり、自己描写の権輿《けんよ》である。しかも、この作の主人公が一面理性に富んだ、自意識の強い現代人であって、おぼれつつある恋愛生活裏における自己を憎み、のろい、かつ虐《しいた》げながら、ついにその汚濁の中からのがれ得ずに輾転懊悩《てんてんおうのう》する心理の精細な描写のごときは、確かに従来その例を見なかった新芸術の出現であった。

かくして、この後は、だれもかれもが平気で自分の体験や周囲の者の描写などをもしはじめた。自然主義の風潮はこの現実暴露の旗じるしのために、一層容易に一般をなびき伏さした形もあった。

作者は、だがその晩年には、この作のうわさが出ると、今さら「蒲団」でもあるまいといつもいって、むしろ自分では『田舎教師』をこそ最も愛していられたようであったが、しかし、この作の持った強い力と歴史的意義とは、いうまでもなくこの作を永久に伝えずには置かないであろう。

「一兵卒」は同じく明治四十年の十二月の作で、翌年一月号の『早稲田文学』に載った。作者が従軍中の観察と体験とから成った作であることはきわめて明らかである。大戦争の中で小さく死んで行く哀れな一兵卒の死を描いて、それとなく人生の意義を語っている。作者の主張していた客観的描写の好個の一標本だといえる。

昭和五年六月九日、故作者の四七日忌に

前田晁《あきら》しるす

解説

相馬《そうま》庸郎《つねお》

田山花袋《かたい》「蒲団」(明治四〇・九『新小説』)の出現は、二重の意味で「事件」となった。一つは、このさして大きくもない一作品によって、当時の文壇がいわば騒然となったことにかかわる。もう一つは、数十年後の今日にいたるまで、何かにつけて顧みられ問題にされつづけていることにかかわる。

当時の自然派の主流誌『早稲田文学』が、島村抱月以下十名の作家・評論家を動員して「蒲団」合評を企画し、反自然派の主流誌『明星』もまた与謝野鉄幹以下四名で合評を試みたのをはじめとして、『帝国文学』・『新声』ほか多くの雑誌が、明治四十年九月から十月にかけて一斉に「蒲団」を問題に声高い論評を発表した。そしてこの風潮は、「蒲団」が翌年三月に短編小説集『花袋集』の中心作品として収録・刊行されることになるまで、同じようなにぎわしさで続いてゆく。明治の文壇がほぼ形をなして以来、当時すでに二十年を閲《けみ》していたことになるが、一中編小説をめぐって文壇全体がこれほど湧きたったことは、かつて一度もなかったし、その後もまたなかったことだ、といってもよいだろう。

田山氏の「蒲団」は近来の傑作である。これくらい自然派の態度を明らかに説明して居る作はあるまい。自然主義を窺《うかが》わんとする者は、まず此編《しへん》に親しめと言いたい。（無署名、明治四〇・九『文庫』）

「蒲団」は田山君の傑作であるばかりではなく、去年いわゆる自然派小説の勃興してからこの方、始めてその代表的作物に接したように思う。（小栗風葉、明治四〇・一〇『早稲田文学』）

このような見方は、いわば一般的な趨勢といってよく、その頂点にくるのが『早稲田文学』の「推讃之辞」（明治四一・二）ということになろう。これは過去一年間の作品からもっともすぐれたものを推賞しようとする試みで、その第一回に「蒲団」をえらび、《二十年来はじめて在《あ》りし変動》をもたらして《新作風の魁《さきがけ》をなすもの、この作に過ぐるは無し》と評価を定めたのであった。

一中編小説をめぐる、待ちもうけたと言わんばかりの、異様とも言えるこの反響は、日露戦後の各分野における新しい気運の胎動の中で、文壇もまた新しい何ものかの動きを強く予感していた、その予感に「蒲団」が期せずしてマッチしたゆえとしか、考えようがない。《自意識的な現代性格の見本を、正視するに堪えぬまで赤裸にして公衆に示した。これがこの作の生命でまた価値である》と言ったのは島村抱月であるが、そのアクチュアリティが、《「蒲団」に時代の底流を見よ》(『文庫』記者)、《これ明らかに時代の苦悩なり、世紀の煩悶也》(『新声』記者)、《人間を時代というものに、切実に結びつけて描くという、新しい傾向》(松原至文)などのさまざまな言い方で、まず強調されたゆえんである。しかもそれは、単なる観念的な共感にとどまらず、例えば《われら現代青年の胸に触れる》(相馬御風)、《何だか馬鹿に暑ッ苦しい感じがした。それも力強く胸を圧する重味であった》(中村星湖)とか言われるような、いわば「身につまされる」リアリティを伴ったものであったことに、留意されなければならない。

「蒲団」の小説構造の特徴は、主人公竹中時雄の外面と内面が画然と分裂し、他の作中人物には夢にも知られぬ主人公内面の世界に、読者がはじめからくわしく立ちあってゆくという叙述になっている点に、まず求められるだろう。若い恋人たちから見ればその考え方や生き方を理解し、指導する《温情なる保護者》、芳子の父の側から見れば分別ある師であり、信頼すべき監督者であるという姿勢を一貫して保ちつづけるのが、竹中の外面である。しかしその内面は、外面のきれいごととはおよそかけはなれた中年男の醜悪なエゴイズムや暑苦しい性的関心が渦を巻く世界なのであり、作者花袋はそれをほとんど露悪的と言ってもよいような「力わざ」であばき出してゆく。

この竹中における外面と内面の分裂は、さらに一歩を進めて、主体の内部矛盾それ自体のあらわれと言いかえてもよいわけであるが、それは、例えばノラやマグダやエレネなど近代文学の代表的なヒロインたちの例をあげながら、芳子に「新しい女」としての生き方を熱心にとく一方、芳子たちがすでに《肉の恋》にふみきっていたことを知ってたちまち逆上してしまうような、今から見ればほとんど滑稽としか言いようのない矛盾に満ちている。しかしまた、竹中が、新しい世代にも古い世代にも属しきらぬ、いわば「谷間の世代」として設定され、その面が意識的に追求されることにより、この内部矛盾は、例えば新旧両思想の対立、行動と自意識の葛藤、社会的な「余計者」であることをまぬかれぬという悲哀などと結びついて、時代の底流――明治的近代の矛盾そのものの反映であることを、おのずから読者にさししめすものとなっている。

抱月が《この一編は肉の人、赤裸々の人間の大胆なる懺悔録《ざんげろく》である》と言ったのをはじめとして、「蒲団」における性の直截《ちょくせつ》な叙述に注目した批評は多い。通俗的な領域でこの作品が話題を呼んだのは、もっぱらこの点に関してであったと言ってもよいわけであるが、性の《露骨なる描写》という点だけで言えば、モーパッサンの翻案に近いと言われる短編「村長」(明治三四・一二)あたりから、「蒲団」の前奏的作品と見られる「少女病」(明治四〇・五)にいたるまで、すでに花袋がくりかえしおこなって来たことであった。しかしそれらでは、性が作品全体の中で観念的に拡大化され追求されていたのに対し、「蒲団」では、前述のような中間的世代の一知識人像の中に正当な遠近法をもって描き出されている点がちがっていた。この点こそ、性の叙述についても、それ以前の作品には見られなかったリアリティを読者に感じさせた秘密であった。

このような小説世界の表現を可能にした花袋の意識的な方法は、花袋自身により次のように説明されている。

私の「蒲団」は、作者には何の考えもない。懺悔でもないし、わざとああした醜事実を選んで書いた訳でもない。ただ、自己が人生の中から発見したある事実、それを読者の眼の前にひろげて見せただけのことである。読者が読んで厭《いや》な気がしようが、不愉快な感を得ようが、またはあの中から尊い作者の心を探そうが、教訓を得ようがそんなことは作者にはどうでも好いのである。（明治四二・七『小説作法』）

一切の既成観念や習俗に抗して「事実」を直截に提示しようとすること、これがいわゆる自然主義の理念にかかわることは言うまでもないが、それは、すでに明治三十年代中葉から花袋が熱心に主張し、また創作で実践して来たことでもあった。「蒲団」の新しさは、その「事実」剔抉《てっけつ》のメスを《他人の物笑いになりそうな》（正宗白鳥）自己内部に向け、それを勇敢に暴露したことによってもたらされた。これはあるいは社会的な体面をそこなうことにもなりかねない危険をはらむものであったが、その危険を代償に、従来の作品には見ることのできなかったある種のリアリティを、花袋は獲得したのである。作品としての完成度からいえば、《今読んだら稚拙《ちせつ》凡庸》（白鳥）などと言うのはいささか極端にしても、主人公への批判的な造型力不足からくる不透明で濁った感じ、それと無関係ではない叙述の感傷性や誇張された露悪性をはじめ、妻、芳子、田中の形象の浅さなど、欠陥といえる面も決して少くはない。にもかかわらず、ここに「ある種のリアリティ」が新しく創出されているからこそ、「蒲団」が、例の私小説の発生という文学史上の問題とからむ形で、その後も長く問題にされ続けることになったのである。

「蒲団」の独創が当時の作家たちに与えた影響を、複雑なニュアンスにおいてとらえたものとして、大正初期の正宗白鳥による次の証言が興味深い。

田山花袋氏が「蒲団」などを発表した時には、思い切った私生活の暴露をしたその作風を推賞した人でさえ、ひそかに冷笑して見ていたのである。自分の日常生活をそのままに醜悪汚穢《おわい》の行為をも見のがさずに描けという氏の議論には盛んに反対者もあったが、時勢がその気運に向かっていたのか、知らず知らずみんながかぶれて、多くの作家がわれがちに自己のもっている「蒲団」式の小説を書き出した。(大正四・一一『中央公論』)

これは、私小説の発生という文学史的課題を「蒲団」の出現に自覚的に見た発言として、もっとも早い方の一例でもあろうが、この観点を史的・理論的にかなり大がかりな形で展開し、「蒲団」の史的意義づけを決定的なものにしたかに見えたのが、中村光夫の『風俗小説論』(昭和二五・六)であったと言えよう。この論点については、平野謙が『芸術と実生活』(昭和三三・一)その他で、モデルと花袋との往復書簡や、作品結末部の、主人公が芳子の蒲団に顔を埋めて泣く場面の虚構性などをとりあげ、中村の見方に修正を迫ってもいるが、両者の相違は一部力点の打ち方の相違なのであって、「蒲団」に私小説的なるものがはじめて出現しているというおおねのところでは、やはり見方を同じくしている、と言えるのである。

花袋は、その文壇回想録『東京の三十年』(大正六・六)で「蒲団」執筆時の心境を、例えば《今までの型を破壊して、何か新しい路を開かなければならなかった》とか、《私も苦しい道を歩きたいと思った。世界に対して戦うとともに自己に対しても勇敢に戦おうと思った》とかいう言い方で述べている。「蒲団」が当時の花袋にとり実験的性格の濃いものであったこと、そしてまた、肩を張った異様とも言えるような意気込みでなされたものであったことがこれでもわかるだろうが、自己や自己の肉親を文学的実験台にのせて、かれなりの自然主義的人間認識を深めてゆこうとする「戦い」は、その後も「生」(明治四一・四―七)、「妻」(明治四一・一〇―四二・二)と熱っぽく続けられてゆく。しかしまた当時の花袋が、『田舎教師』(明治四二・一〇)のような作品をも一方で持っていたことを決して忘れるべきではないだろう。日露戦従軍直後に発想され、「蒲団」から「妻」にいたる時期も花袋の胸深く暖めつづけられていたこの作品には、「蒲団」以下のように肩を張ったり、ある場合は観念的な背伸びをするようなところがほとんどない。

花袋の人間的・詩人的資質と、身についた文学方法とが自然に結実して、すぐれた作品世界の形象がある種の流露感をもって展開しているのである。「一兵卒」(明治四一・一『早稲田文学』)は、短い作品ながら、この系列に属して代表的地位を占め得るものの一つということができよう。日露戦争の大きなやま場の一つであった遼陽《りょうよう》の会戦をよそに、一人の青年がわびしく病死してゆくという着想では、『田舎教師』と軌を一にしているのも偶然ではなかろうが、荒涼たる秋の戦場の彷徨《ほうこう》の果てに、兵站地《へいたんち》の片隅で息を引きとろうとしている一兵士の人間的心情が、過不足なく描き出されて、読む者の胸をうつ。この作品は、当時の花袋の文学主体が、反戦というような社会性の幅の広さをも自然な形で持ち得るものであったことを、端的に示してもいるのであった。

一九七二年九月

田山花袋略年譜

一八七一(明治四)年
一二月一三日(旧暦)、栃木県(のち群馬県)邑楽《おうら》郡館林町に、元館林藩士田山鍋十郎《しょうじゅうろう》の次男(第六子)として生まれる。本名録弥《ろくや》。

一八七七(明治一〇)年　六歳
四月、西南戦争に従軍した父鍋十郎(警視庁邏卒《らそつ》)、熊本県で戦死。

一八八一(明治一四)年　一〇歳
一月頃、小学校を中退して丁稚奉公。

一八八二(明治一五)年　一一歳
復学。漢学塾などに通う。

一八八五(明治一八)年　一四歳
『穎才《えいさい》新誌』に投稿の漢詩、和歌が掲載される。

一八八六(明治一九)年　一五歳

七月、一家をあげて上京。
一八八八(明治二一)年　一七歳
日本英学館に入学。
一八八九(明治二二)年　一八歳
桂園派の歌人松浦辰男に入門。
一八九〇(明治二三)年　一九歳
この頃、西鶴・近松やロシア文学を読み耽る。
一八九一(明治二四)年　二〇歳
四月、尾崎紅葉を訪問、その紹介で江見水蔭《えみすいいん》に兄事することになる。
一〇月、小説の処女作「瓜畑」を『千紫万紅』に発表。
一八九二(明治二五)年　二一歳
三月、最初の新聞小説「落花村」を『国民新聞』に連載。初めて「花袋」の号を用いる。
一八九六(明治二九)年　二五歳
一月、『文学界』新年会で島崎藤村との交友が始まる。
一八九七(明治三〇)年　二六歳
二月、国木田独歩・松岡(柳田)国男・太田玉茗《ぎょくめい》らと共著で、新体詩集『抒情詩』を刊行。

一八九九(明治三二)年　二八歳
一月、太田玉茗の妹里《り》さと結婚。
九月、大橋乙羽《おとわ》の紹介で博文館に入社。同月、紀行文『南船北馬』を刊行。
一九〇二(明治三五)年　三一歳
五月、『重右衛門の最後』を刊行。
一九〇三(明治三六)年　三二歳
一月から、山崎直方・佐藤伝蔵編『大日本地誌』(博文館刊)を編集。
一九〇四(明治三七)年　三三歳
二月、評論「露骨なる描写」を『太陽』に発表。同月、「蒲団」のモデルとなった岡田美知代が入門。
三月、博文館の第二軍私設写真班として従軍(九月まで)。
一九〇六(明治三九)年　三五歳
一月、岡田美知代を帰郷させる。
三月、花袋主筆の雑誌『文章世界』創刊。
一九〇七(明治四〇)年　三六歳
九月、「蒲団」を『新小説』に発表。

一九〇八(明治四一)年　三七歳
一月、「一兵卒」を『早稲田文学』に発表。『第二軍従征日記』を刊行。
四月、「生」を『読売新聞』に連載(七月まで)。
この頃、岡田美知代が再度上京。
一〇月、「妻」を『日本』に連載(翌年二月まで)。
一九〇九(明治四二)年　三八歳
一〇月、『田舎教師』を刊行。
一九一一(明治四四)年　四〇歳
七月、「髪」を『国民新聞』に連載(一一月まで)。
一〇月、「渦」を『国民新聞』に連載(翌年三月まで)。
一二月、博文館を退社。
一九一四(大正三)年　四三歳
一月、「春雨」を『読売新聞』に連載(四月まで)。
四月、「残る花」を『国民新聞』に連載(八月まで)。
一九一六(大正五)年　四五歳
四月、『東京の近郊』を刊行。

九月、『時は過ぎゆく』を刊行。
一九一七(大正六)年　四六歳
一月、『一兵卒の銃殺』を刊行。
六月、『東京の三十年』を刊行。
一一月、「残雪」を『東京朝日新聞』に連載(翌年三月まで)。
一九一八(大正七)年　四七歳
二月、『一日の行楽』を刊行。
七月、『花袋歌集』を刊行。
一九二〇(大正九)年　四九歳
一二月、『文章世界』終刊。
一九二三(大正一二)年　五二歳
三月、南満州鉄道の招待で満州・朝鮮旅行(六月まで)。
花袋全集刊行会刊『花袋全集』全一二巻を刊行。
一九二四(大正一三)年　五三歳
一月、「源義朝」を『名古屋新聞』に連載(八月まで)。
四月、『東京震災記』を刊行。

一九二七(昭和二)年　五六歳
二月、「百夜《ももよ》」を『福岡日日新聞』に連載(七月まで)。
一九二八(昭和三)年　五七歳
一二月、脳溢血で倒れる。
一九三〇(昭和五)年　五九歳
五月一三日、喉頭癌で死去。

〔編集付記〕

一、底本には、岩波文庫『蒲団・一兵卒』初版本(一九三〇年七月刊)を用いた。
一、左記の要項に従って表記がえをおこなった。

岩波文庫(緑帯)の表記について

近代日本文学の鑑賞が若い読者にとって少しでも容易となるよう、旧字・旧仮名で書かれた作品の表記の現代化をはかった。そのさい、原文の趣をできるだけ損なうことがないように配慮しながら、次の方針にのっとって表記がえをおこなった。

(一) 旧仮名づかいを現代仮名づかいに改める。ただし、原文が文語文であるときは旧仮名づかいのままとする。
(二) 「常用漢字表」に掲げられている漢字は新字体に改める。
(三) 漢字語のうち代名詞・副詞・接続詞など、使用頻度の高いものを一定の枠内で平仮名に改める。
(四) 平仮名を漢字に、あるいは漢字を別の漢字にかえることは、原則としておこなわない。
(五) 振り仮名を次のように使用する。
(イ) 読みにくい語、読み誤りやすい語には現代仮名づかいで振り仮名を付す。
(ロ) 送り仮名は原文どおりとし、その過不足は振り仮名によって処理する。
例、明に→明《あきらか》に

(岩波文庫編集部)

蒲団《ふとん》・一兵卒《いつぺいそつ》

1930 年 7 月 15 日　第 1 刷発行
2002 年 10 月 16 日　改版第 1 刷発行
2023 年 10 月 5 日　第 20 刷発行

作　者　田山花袋《たやまかたい》

発行者　坂本政謙

発行所　株式会社 岩波書店
〒101-8002 東京都千代田区一ツ橋 2-5-5

案内 03-5210-4000　営業部 03-5210-4111
文庫編集部 03-5210-4051
https://www.iwanami.co.jp/

印刷・三陽社　カバー・精興社　製本・中永製本

ISBN 978-4-00-310211-4　Printed in Japan

読書子に寄す

――岩波文庫発刊に際して――

岩波茂雄

真理は万人によって求められることを自ら欲し、芸術は万人によって愛されることを自ら望む。かつては民を愚昧ならしめるために学芸が最も狭き堂宇に閉鎖されたことがあった。今や知識と美とを特権階級の独占より奪い返すことはつねに進取的なる民衆の切実なる要求である。岩波文庫はこの要求に応じそれに励まされて生まれた。それは生命ある不朽の書を少数者の書斎と研究室とより解放して街頭にくまなく立たしめ民衆に伍せしめるであろう。近時大量生産予約出版の流行を見る。その広告宣伝の狂態はしばらくおくも、後代にのこすと誇称する全集がその編集に万全の用意をなしたるか。千古の典籍の翻訳企図に敬虔の態度を欠かざりしか。さらに分売を許さず読者を繋縛して数十冊を強うるがごとき、はたしてその揚言する学芸解放のゆえんなりや。吾人は天下の名士の声に和してこれを推挙するに躊躇するものである。このときにあたって、岩波書店は自己の責務のいよいよ重大なるを思い、従来の方針の徹底を期するため、すでに十数年以前より志して来た計画を慎重審議この際断然実行することにした。吾人は範をかのレクラム文庫にとり、古今東西にわたって文芸・哲学・社会科学・自然科学等種類のいかんを問わず、いやしくも万人の必読すべき真に古典的価値ある書をきわめて簡易なる形式において逐次刊行し、あらゆる人間に須要なる生活向上の資料、生活批判の原理を提供せんと欲する。この文庫は予約出版の方法を排したるがゆえに、読者は自己の欲する時に自己の欲する書物を各個に自由に選択することができる。携帯に便にして価格の低きを最主とするがゆえに、外観を顧みざるも内容に至っては厳選最も力を尽くし、従来の岩波出版物の特色をますます発揮せしめようとする。この計画たるや世間の一時の投機的なるものと異なり、永遠の事業として吾人は微力を傾倒し、あらゆる犠牲を忍んで今後永久に継続発展せしめ、もって文庫の使命を遺憾なく果たさしめることを期する。芸術を愛し知識を求むる士の自ら進んでこの挙に参加し、希望と忠言とを寄せられることは吾人の熱望するところである。その性質上経済的には最も困難多きこの事業にあえて当たらんとする吾人の志を諒として、その達成のため世の読書子とのうるわしき共同を期待する。

昭和二年七月